倉本聰戯曲全集　3

ニングル／マロース

倉本　聰

「ニングル」

「マロース」

倉本聰戯曲全集　3

目次

この全集は、「北の国から」（1981年〜2002年）など、テレビを中心に数多くの名作ドラマを手掛けた脚本家・倉本聰が、1984年に立ち上げた私塾「富良野塾」（のちに富良野GROUP）を中心に発表した舞台作品の台本・戯曲集です。

倉本は座付き作者として、稽古の期間はもちろんのこと、作品が仕上がり上演期間中でも、さらなる進化と深化を目指し、作品を日々改稿し続けます。この全集に載せます戯曲は、各作品の最終形態、いわゆる千秋楽公演の戯曲を底本としております。

戯曲全集第3集、第五回目の配本は、森の人・ニングルの環境破壊への警告を巡って、対立する親友たちの葛藤を描いた「ニングル」。文明が加速させた環境破壊によって滅びに向かう自然界の、その臨終の叫びを描く「マロース」。その2作品を巡り合わせました。

演劇青年である倉本が、学生時代に出逢った「舞台幻想」と呼ばれる、この世ならざる人や世界が展開する「演劇」ならではの世界観――。加藤道夫の「なよたけ」、ジャン・ジロドウの「オンディーヌ」――。劇空間だから描ける「幻想」世界の表現に心酔した倉本は、しかし同時にリアルなドラマ世界の中でこそ、その幻想表現が生きると信じ、富良野塾の芝居創りの現場で、様々な挑戦を試みました。

結果、富良野塾、及び富良野GROUPの芝居すべてに、この「舞台幻想」の要素がとり入れられました。例えば「歸國」は、英霊の視点だからこそ見抜くことが出来た現代社会の歪み——。映像であれば、お金をかけたトクサツやCGで描くことも容易い「幻想」を、倉本は舞台でお金をかけずに、さらに観客の「想像力」を啓発させる「見せない」という究極の表現方法まで使って、様々な「幻想」を舞台上に現出してきました。時に人がそれを「倉本マジック」と呼ぶほどまでの表現術で。「富良野演劇工場」と云う、表現の枠を尽くせる空間を立ち上げたのも、倉本のその舞台表現にかける熱情ゆえ。

そうした倉本聰・作演出による「舞台幻想」×「人間ドラマ」の代表作、「ニングル」と「マロース」。倉本を筆頭にスタッフ・キャスト、制作陣も含めて一丸となって舞台上に表現した「舞台幻想」が、リアルな人間ドラマとがっぷり四つに組んだ現代の神話劇です。倉本たちが舞台をどう創り上げたかをイメージしながら、想像力の翼を大きく羽ばたかせて、それぞれの作品をぜひ皆さんなりに「創造」してみてください。

富良野GROUP

ニングル

1　序章

一台の手廻し風車。

礼服姿の民吉とスカンポ。

民吉「物置こわしたらこんなもんがでてきたンだ。

昔、お前の母さんに作ってやったもン」

布をかぶせて、再び廻す。

スカンポに向ってニタッと笑う。

民吉「風の音。

な？」

風の音。

民吉「昔ァみんなこんなもンで遊んだ。

かつらも勇太も、ミクリもな。

こんなもン一つで充分愉しンだ」

止めて、水槽に風車を移す。

民吉　「お前を産むとすぐかつらが死んで、お前のおやじもおらんようになったから、スカンポ、お前はじいちゃんの子だ」

風車を廻す。

民吉　「こうすると流れの音。

ピエベツ沢の川のせせらぎ」

スカンポ、民吉に代って風車を廻す。

民吉　「星の降る音を知らんだろう？

SE――――星の降る音。

昔ァ、みんなで夜中によう聴いたわ。

天から星の降ってくる音。

（間）

あの音のする夜はな、カムイが森に下りて来る夜。

カムイちゅうのはな、神様のことじゃ」

間。

星の降る音消えてゆく。

民吉「今はもう誰もそんな音聞こうとせんし、
カムイと云うても誰も信じまい。
世の中豊かで、なんでもあるもンな」

ミクの声「スカンポ！」

スカンポ、ハッと気づき、走って去る。

音楽。

民吉「かつらよォ。

（間）

教えてくれんか。

（間）

豊かって何なンじゃ。え？
みんなの云う豊かってどういうことなンじゃ」

間。

民吉「季節でない野菜の食えるちゅうことか。
夜も昼もなく明るいことか。

できるだけ体を使わんことか」

間。

遠くをゆっくり見つめる民吉。

民吉「ピエベツに拡がるあの原始林を、村が切り開いて農地にするそうじゃ。
昔、カムイの遊んどったあの森を。
しかもユタらがな、先頭に立っとる」

間。

民吉「みんな喜んどる。
村中喜んどる。
町の連中まで喜んどる。
国の補助金がズドーンと入ってこれで又少し豊かになれる、
とな」

間。

民吉「教えてくれンか。
豊かって何なンじゃ。なァ?」

ミク（出る）「父さん！　何やってるのこんなもン持ち出して！

　　　　ユタ兄ちゃんの結婚式始まるわ！」

民吉　「ああ、――そうか」

　　　木太鼓の音が断続的に入る。

2 結婚式

かがり火とローソク。

木太鼓の音をバックにして新郎新婦、親族の登場。

仲人　「両家の御親族を御紹介いたします。

花婿勇太君の父君、氷倉民吉氏です。

同じく妹のミクリさんです。

ミクリさんの御主人の、丸太才三さんです。

勇太君の姪のスカンポさんです。

続きまして花嫁かやさんの弟、坂本光介氏です。

続きまして――」

仲人の紹介をさえぎるように宴席の踊りとなる。

次々に飛び出すエネルギッシュな踊り。

3 遭遇

夜の森。

藪を分ける音。

半分酔った信次と光介が出る。

信次「オーイ、出て来い！」

光介「オーイ、ユター!!　どこだ！」

間

光介「どこなンだよ此処は」

信次「ピエベツの森だよ」

光介「それは判ってるよ。何だって目出度い祝いの晩にこんな山奥まで来なくちゃなンないンだ」

信次「12林班を見に来たンじゃないか」

光介「オーイ、ユタ!!」

藪を分けて去る。

丘の陰から現われるユタ、才三、スカンポ。

ユタ　「やっとまいたな」

才三　「あッ、オイ！　スカンポ！　そっちはダメだ」

ユタ　「全く！　なんであいつらついてきたんだよ」

才三　「スカンポ、一人でウロチョロしちゃダメだと云ってるだろう」

ユタ　「こらァ」

才三　「この辺は熊が多いンだから喰べられちゃうぞ」

二人、――あたりを見廻して。

ユタ　「オイ、これだ、万平桂（まんぺいがつら）だ、まだあったぞ」

才三　「あ！　これだこれだ！」

ユタ　「この万平桂が境界だ」

才三　「万平桂まだ生きてたぞ！」

ユタ　「こっちが11林班――」

才三　「チョット待て、北極星見てみろよ、あっちが北だからこっちが11林班。こゝからが俺らの12林班だよ」

ユタ　「あっそうか」
才三　「オイ見ろ！　ペペルイの灯が見えるぞ！」

木株に腰を下ろし、まわりの匂いをかいでいるスカンポ。

ユタ　「しかしこの万平さん、よく死なないで生き残ってたな」
才三　「なァ。――――」
ユタ　「――――親父よく云ってたよ。織田信長の時代から生きてる木だ！」
才三　「でもこの木も伐っちゃうのか……」
ユタ　「あ、こりゃア、お前が伐るんだよ」
才三　「俺が！　何で」
ユタ　「祟りがあるから俺はイヤだ」
才三　「……祟りなんて」
ユタ　「――――何だこの音は」

遠い木太鼓の音。

才三　「誰かが遠くで木太鼓を叩いている」

間

ユタ　「一人じゃないぞ」

間

才三　「誰が叩いてるンだ」

スカンポが這って一点を見つめている。

Ｔｕ、Ｔｕ、Ｔｕ、Ｔｕという不思議な舌打ちのような音が聞こえ出す。

才三　「どうしたスカンポ」

ユタ　「何かいるのか？　ヨタカか？」

ユタ、才三、――スカンポの見つめている方へと歩く。

二人、突然大きくとびすさる。

間。

ユタ　「何だオイ才三！――おかしなもンがいる！」

才三　「あゝ！」

間。

ユタ　「人形か？」

才三　「いや。動いてる！」

ユタ　「――人だ――小っちゃな人間だ！」

才三　「二、人間ったって――15センチ位っきゃ」

ユタ　「二人？」

才三　「また出た！」

才三　「しっ。――何か云ってる！」

Tu、Tu、Tu

と。

スカンポが同じ舌打ちで応答する。

Tu、Tu、Tu、Tu、Tu

スカンポの応答。

ユタ　「スカンポお前――こいつらの言葉が判るのか！」

間

ユタ　「何て云ってる！」

スカンポ、手話とゼスチャーで通訳する。

ユタ　（手話を読み）「アンタラ、ホンキカ。あんたら本気か、だと

（スカンポに）何の話だ！」

スカンポ、通訳。

ユタ　「ココ、モリ、本気、伐ル、カ。ここの森を本気で伐るか
　　　　――そうだ、近々全部伐る予定だ」
　　　　　ニングルの声遠くなる。
　　　　　スカンポ、通訳。
ユタ　「止メロ。村、滅ビル。(自問) 止めろ、村が滅びる――?」
　　　　　間。
ユタ　「一寸待て！　一体、どういう意味だ！」
　　　　　ニングル突然森の奥へ移動。
ユタ　「オイ待て！　お前今何て云ったんだ！」
　　　　　ニングル奥へ走りスカンポも追って去る。才三も追って。
　　　　　長い間。
ユタ　「ヤメロ――村ガ滅ビル――」
　　　　　二人。
ユタ　(ブルッと首をふる)
才三　「――」(戻ってくる)
ユタ　「だめだ。焼酎の飲み過ぎだ。

起きてるつもりなのに夢見ちまった」

才三　「夢じゃない。オレもはっきり見た」

ユタ　（ギクッと見る）「――ヤッパシかい」

間。

才三　「どういう意味だあいつらの云ったことは」

ユタ　「――」

才三　「ピエベツの森を伐るな。伐ったら村が滅びるって」

ユタ　「――うむ」

才三　「あれは一体どういうことだ」

突然現れる信次と光介。

信次　「見つけたぞ！」

ユタ、才三――その声に驚き飛び上がる。

信次、光介もその驚きようにびっくりしてとび上がりお互いを見る。

間。

ユタ　「テメエこの野郎！」

信次　「どうしたンだよ！」

ユタ　「それが今こゝで、おかしなもンを見たンだ」

光介　「何だよ。おかしなもンて」

ユタ　「それが――この位の、人間なンだ。
　本当にこの位の！　それが今そこに！」

才三　「たしかにいたンだ！　しかもスカンポがそいつの云う言葉をちゃんと判って。
　そいつが俺たちに不思議なことを云ったンだ！
　ピエベツの森の伐採を中止しろ。伐ったら村は滅びるぞって」

　間。

信次　「お前ら二人とも熱あるンじゃないのか」

光介　（奇声）「ハハァ！　そりゃニングルだ！　ニングルって云うんだ‼」

ユタ　「ニングル！　何だよそのニングルって」

光介　「昔此処らの森にいたっていうこんな小っちゃな人間だ！
　人が入ったんで山奥に消えたってバアちゃん云ってた」

信次　（ポカリと殴る）「何バカ云ってンだ。行こうぜ。初夜なンだぞお前は！
　花嫁さん待ってるぞ」

ユタ　「だけど本当にそいつは云ったンだ。
　ピエベツの森の伐採を中止しろ、伐ったら村は滅びるって」
信次　「止めてくれよな！　冗談にもそんなことしゃべらないでくれ」
ユタ　「―――」
信次　「そんな話が開発反対派の耳にでもはいったら又どんな騒ぎになると思うンだ。え？」
ユタ　「―――」
信次　「五年だぜ？　丸五年かゝってんだぜ。反対派を一人づつ説得するのと国の補助金とりつけるのに」
ユタ　「―――」
信次　「頼むから今更つまらないことで変な波風たてないでくれよな。
　大体今何かゴタゴタが起こったら俺たち自身が被害受けるンだ。今度の開発を見込してみんな大型機械を買いこんだんだし
　それに今度の開発で喜んでるのは俺たち農家ばかりじゃない。
　もしかしたらあいつらの方が」
ユタ　「判ったよ。信ちゃん。信ちゃんの云うとおりだよ。

もうこのことは忘れるよ」

ユタ、光介——信次が去ったことに気づく。

ユタ　「才三、スカンポ頼んだぞ。
一寸待てよ信ちゃん！　怒るなよ！」

光介、ユタ——信次を追って去る。

才三、一人とり残される。

間。

鳥の羽音

間。

気をとり直してブルッと首をふる。

才三　「スカンポ！　帰るぞ!!」

間。

才三　「スカンポ！　何処だ！」

声　「スカンポは此処にいる」

音楽——華麗にイン。

突如森が動き、桂の洞に浮かび上がるスカンポ。

才三「スカンポ！　どうした！」
声「大丈夫だ。この子は一寸眠っている」
才三「あんたは――――誰よ！」
声「ニングルの長だ」
才三「ニングル――――」
声「わしはこの森に３００年生きてる。
お前の爺さんもよく知っている。
万平爺さんがピエベツ川沿いに、富良野からペペルイに入ったのも見ている」

間。

才三（唾を飲む）「きかせて下さい！――――どういう意味です！
さっき云われたこと――――もっと詳しくきかせて下さい!!
どうして森を伐ると村が滅びるンです！」

音楽――――盛り上がり、
森が又移動する。
スカンポ、ゆっくり手をさしのべる。

それに向かって、引き寄せられるようにゆっくり歩く才三。
突然カムイ（巨大な白鹿）が現れる。
腰を抜かす才三。
暗転。

4　岐路

　　座っているユタ。

かやの声「ユタ！――ユタ！
　　お風呂に入って！」

　　　間。

　　　　風呂上りのかやとびこむ。

かや　「もう、散々待たせて！
　　何してたのよ酔っ払い！」

ユタ　「教科書にないものを、お前信じるか」

かや　「――どういうこと？」

ユタ　「ニングルって知ってるか」

かや　「ニングル？」

ユタ　「あゝ」

かや　「ニングルって、森の話に出てくる？」

ユタ　「逢ったんだ」

かや　「ウソ！」

ユタ　「――逢って話したんだ。才三と、スカンポと」

かや　「ウソ？　いつ？　どこで？」

長い間。

ユタ　「いや」

かや　「――」

ユタ　「ウソだ」

ミクの声「ウソ！」

才三　（突然現われる）「ウソじゃない！」

ミクの声「それでどうしたの？」

ユタ　「ハハ、ウソだよ」

上手に現れている才三とミク、そしてスカンポ。

才三　「そのニングルが俺たちに云ったンだ！」

ミク　「何て！」

才三「ピエベツの森を伐るな。伐ったら村が滅びる！」

スカンポも懸命に才三の云うことを手話でフォローする。

ミク「ウソ！」

ユタ「ウソだ！」

ミク「兄ちゃんもスカンポも一緒に見たの!?」

才三「そうだ三人でだ！」

ユタ「俺は見てない！」

才三「俺はニングルの長にも逢ったし、それに――巨大な鹿も見たんだ！」

ミク「鹿？」

才三「見たこともないような真っ白な鹿だ」

ユタ「そんなもん見てない」

才三「あれは恐らく、森のカムイだ」

ミク「神様!?」

ユタ「才三！」

才三「お前も逢ったじゃないか！」

ユタ「そんな鹿なんて俺は見てない！」

才三　「だけどニングルははっきり見ただろう！」
ユタ　「見てない！」
才三　「ユタ！」

照明変わり、ユタと才三のみ残る。
音楽——静かにイン。Ｂ・Ｇ

ユタ　「才三、まあ落着け」
才三　「一緒に逢ったのに逢ってないって云うのか！」
ユタ　「鹿なんて見てない！」
才三　「鹿はイイ。ニングルだ！」
ユタ　「今の俺たちの立場を考えろ。な」
才三　「逢っただろ？」
ユタ　「忘れろ！」
才三　「でも逢っただろ!!」
ユタ　「人には云うな。云ったって信じない！」
才三　「だけど逢ったし云われたじゃないか!!」
ユタ　「開発はもうすぐ目の前なンだ。みんなもうその線で動き出してる。農家だけじゃない、土建屋や機械屋、国の補助金をみんな頼りに」

才三　「だけどおまえははっきり聞いたろう？　今夜あの森でニングルの云ったこと」

ユタ　「ニングル？――知らない」

才三　「知らない？」

ユタ　「俺は知らない。酔ってて覚えてない」

才三　「ユタ――」

ユタ　「才三、よくきけ。得にならない」

才三　「――」

ユタ　「そんなこと云っても誰も信じないよ。事態も変わらないし笑われるだけだ。な」

才三、後ずさり。

ユタ　「才三、よくきけ。お前の為だ。お前も酔ってたンだ。幻を見たんだ。あれは幻だ。鹿だのカムイだの、そんな夢みたいな話他所でぺらぺらしゃべるンじゃない!!　スカンポにも云っとけ。

才三！　一寸待て！　才三、おれは――」

才三を追うようにユタ去る。

5　生命の木

民吉出る。

その後ろで山菜を摘んでいるスカンポ。

民吉　「生命の木って、昔ァ呼んだもンだ。
子供が生れるとその子の木を植えた。
子供は誰でも物心つくと親に連れていかれて教えられたもンだ。
これはお前の木だ、大事に育てろ。この木が枯れる時はお前の死ぬときだ。
ばあさんが死んだとき山に行ったら、ばあさんの木は知らん間に枯れてた。
お前の母さんが死んだとき山に行ったら、母さんの木は知らん間に伐られてた。
母さんが死んだから木が伐られたのか。木が伐られたから母さんが死んだのか。
伐られたから死んだとわしゃ思うとる」

村人たち現われ、会議の席につく。
スカンポも会議の末端へ。

民吉　「こういう話はあまりしないンだ。
今の世の中こういう話すると科学的でないちゅうて嫌われるからな。
それに逆らうと、仲間はずれだ」

民吉去る。

6　会議

一同、円陣を組むように座る。

田中「えーッ急にみんなに集まってもらったのは他でもない。
今日、新聞社から電話が入った。
ピエベツの森の開発計画を中止させろという主旨の投書が三日前新聞社に届いたンだそうだ。新聞社ではその投書を自然保護団体の事務局に見せた。保護団体では開発反対の声明文を出したそうだ。その声明文が明日の新聞の朝刊にのる。
恐らく計画に邪魔が入るだろう」

一同「──」

田中「わしの無念は、新聞社へのこの投書が、ここにいる人間からだされたちゅうことだ」

一同一瞬ざわつき、静まる。

田中　「森を伐ることは五年前に決まっている。当時、多少の反対はあったが村の将来のことを考えた結果、耕地面積を拡げることしか道はないちゅうことで全員判を捺した。それから待ちに待ちやっとこの日にこぎつけた。そうだな？」

一同　「そうだ！」

田中　「投書したもンは名のり出てくれ」

間。

才三　「投書したのは俺です」

田中　「――らしいな。ユタ、お前はこのことを知っていたのか」

才三　「待ってください！　ユタは知りません。ユタにも家族にも関係ありません。これは全く自分ひとりの考えでやったことです」

田中　「わしらが何年も頭を下げに下げ、やっと実施にこぎつけた過程を、お前は一体何だと思ってる！」

才三　「――」

田中　「皆で借金し、大型機械を買い、この日に備えて来た五年計画をお前は一体何だと思ってる！」

信次　「才三、お前本当に投書したのか」

才三　「した」

信子　「才三さん、あんたそりゃ話が全然おかしいよ。これからの時代は大型機械だから土地を拡げなきゃ成り立たないって、言いだしっぺはあんたたろうがね！」

湊　「そうだ」

信子　「それを今頃反対だなんて」

藤倉　「お前のやったことはこゝにいるみんなへの裏切りでしょう」

才三　「(必死に) おっしゃる通りです。だけど俺は――。ピエベツの森を伐ることに反対です」

南　「今頃何を云い出すンだ！」

藤倉　「畑をふやさんけりゃおれらがむりして大型機械買った意味がねえだろうが！」

才三　「――」

湊　「機械の借金はどうやって返すンだよ！」

才三　「云われたンです。大変なことになるって。ピエベツの森をなくしてしまったらこのペペルイは滅びてしまうって。いや、ここだけじゃない。下流の村は」

堺　「そんなこと一体誰が云ったのさ！」

一同口々に叫び始める。

田中　「静粛！　一寸！　勝手にしゃべるな！」

老婆　「人類、皆兄弟ねぇッ」

静寂が戻る。

田中　「才三お前さっき誰かに云われたって云ったな誰に云われたか、きこうじゃないか」

才三　「スイマセン。つまり――ピエベツの森をなくしたらピエベツ沢に影響が出ます。地下水にだって影響が出るかもしれません。万一井戸水が涸れるようなことがあったら」

田中　「一寸待て、そんなこときこうとしとらん。誰に云われたかと質問してるンだ」

才三　「――」

田中　「誰の意見だ」

才三　「田中さん」
田中　「どこの学者に入れ知恵されたンだお前」
才三　「学者に云われたンじゃありません」
田中　「だから、どこの誰が反対しとるんだ」
堺　「氷倉のおやじさんか」
ユタ　「そりゃないスから」
　　　間。
才三　「ニングルです」
一同　「――」
才三　「ニングルに逢ったンです！　ニングルは本当にいます！」
一同　「――」
才三　「うそじゃありません！　話をしました！　一度や二度じゃありません。実は毎晩山へ入ってニングルたちの話をきいています。
　　――まさかとお思いでしょうが――実際俺、現実に」
田中　（急に立つ）「会議は終わりだ！」
　　　村人たち急ぎ足で立ち去る。

才三　「待って下さい！　逢ったのは俺一人じゃありません！　一緒にニングルと話した人がいます！　この中にも俺以外に逢った人がいます！　逢った人は正直に名乗ってくれ！　名乗れよ！」

一同去り。ユタ、才三、スカンポ、信次、光介が残る。

才三　「逢ったじゃないか!!」

ユタ　「才三、止めてくれ！」

不安気な音楽、イン。

間。

ユタ　「才三、お前は本当に馬鹿だ。お前は堅い木だ。竹になれ。風が吹いたら竹は曲がる。木は曲がらない。その代わり、折れる。ボキッとな。
（間）

いきなり、ボキッとだ」

いきなり叩きつけるチェーンソウの音。

7　ピエベツ皆伐

現われる三人の山子たち。
それぞれチェーンソウのエンジンをかける。
伐採。
次々に木が倒される。
膨大な量の木の葉が落ちる。

＊　＊

ブルドーザーが伐られた材木を片付ける。
材木運びを指示する田中。
トラクターが伐採地を整地する。
音楽――イン。

＊　＊

堆肥が撒かれる。

＊　＊

種が蒔かれる。

＊　＊

農薬が散布される。

＊　＊

女の出面たちによる除草。

ユタが堆肥袋を持ってくる。

才三　「ユタ！　きいてくれ！」

ユタ、才三を避け逃げるように去る。

才三。

8　希望

人参選別の女たち。
バックに陽が照り。
雨が降り、
雷が鳴り、
雪が降る、
そして緑。
更に陽光、
そして又雪。

光子たち「それからの二年は戦争だったわ。
作付け面積が急に増えたからそれまでの何倍もみんな働いた。
借金はますますふくらんでたけど、誰の心も希望であふれてた。
これで収穫は何倍にも増える。

私たちの暮らしはウンと楽になる。

そんなに簡単にいくわけなかったさ。

一年目は作物が育たなかったし、二年目も計算と全くちがったの。

だってピエベツの森にあったいゝ土が、
森と一緒にけずられていたンだもン。

それでも皆そんなこと考えず、
どんどんどんどん森を伐り続けた」

　光介、出る。

光介「変わったのは街が元気になったことです。大きなパチンコ屋が三つも出来ました」

　パチンコ屋の喧騒忍びこみ、向っている男達の姿浮き上がる。

光介「冬場はこゝらじゃやることがないスからみんなパチンコ屋に殺到するンです」

　間。

光介「信じられますか。

一冬四ヶ月の間に、七百万円スッた奴が出たそうです。

五百万は二人もいたって。
だけど――
うちらはそれどころじゃなかった」
　音楽――イン。

光介　「開発にかけた莫大な借金がオレらの暮らしをしめあげていたし、収益は予
想をはるかに下廻ったし――
　（間）
本当云ってオレこゝんとこ、眠れなくって毎晩安定剤飲んでます。それで
も眠れなくって、――死んだおやじと話します。
おやじ悲し気にオレに云います。
光介、どうして欲をはるンだ。
昔のまゝじゃいけなかったのか。
　（間）
もいちど昔に戻れないのか」

9　村はずれ

山へ行く支度で歩いている才三とスカンポ。
ユタ出る。
足を止める才三。
ユタを見て小さくなり村の方へ戻るスカンポ。

ユタ「しばらく逢わなかったな」
才三「――」
ユタ「山へ行くのか」
才三「――あゝ」
ユタ「――行くならひとりで行け。スカンポやミクを巻き込むな」
間。
才三「――」
ユタ「自然保護団体をピエベツの伐採地に、お前わざわざ案内したそうだな」

才三　「――」
　　　間。
ユタ　「村の店屋がお前ンとこに物を売ってくれなくなったンだって？」
才三　「――」
ユタ　「知らないのか？　ミクがこっそり街まで買い物に行ってるヨ」
　　　ユタ、持って来た買い物袋を才三に押しつける。
ユタ　「才三。
　　　村の連中の気持ちも判ってくれ」
才三　「――」
ユタ　「森を伐るのがよくないこと位、村のみんなだってよく判ってるさ。だけど
　　　そうやって対抗しなけりゃ今の日本に置いていかれちまう」
才三　「置いてかれるのが何故悪いンだ」
ユタ　「えっ？」
才三　「今おくれるのとずっと先を考えるのと俺たちにとってどっちが大事だ。
　　　え？」
ユタ　「――」

才三　「みんなの気持ちを判れというなら、ニングルたちの気持ちも知ってやれ。
本気で連中の云ってることを聞け。
誰も本気で聞こうとしないからあの時新聞社に投書したンだ。
俺だって好き好んでみんなを裏切って他所の人間に訴えたくなンかなかったさ」

ユタ　「才三」

才三　「それから――一つだけはっきりさせとこうぜユタ。
ニングルは、幻だったか。いただろ」

才三、買い物袋をユタに返す。

才三　「ありがとう。ミクにはお前から渡してやってくれ」

ユタ　「才三！　どうして俺らこんなになっちゃったんだ。
昔ァ、もっと何でも話せた。ケンカしてもすぐに仲直りできた。
――山に行くなら、気を付けて行け。
今朝から変な雲が出て山がかくれてる。
多分、上の方は雨が降ってるぞ！」

10 雨

合羽姿の村人たち、懐中電灯をつけ走って来て会う。

村人Ａ「何て、変な天気だ。降ったり、止んだり」

村人Ｂ「山は全然見えねぇな」

村人Ａ「でも山の方はかなり降ってるぞ」

＊　　＊

湊「どうした？」

藤倉「山際の畑の土がどんどん道に流れ出してるそうだ」

湊「どういう事だ、この程度の雨で」

藤倉「わからねぇよ。
だけど向こうで聞くと山がうなってるそうだ。見に行こう」

湊「わかった」

＊　　＊

叩きつける雨。

ユタ　「あっちだ！　あっちにロープを持ってけ!!　ブルーシートを固定するんだ!!」

ミク　「兄ちゃん！　人参がどんどん流されてる!!」

ユタ　「才三はどこだ!!」

ミク　「山に行ったまま帰って来てない!!　お願い手伝って!!」

ユタ　「こっちも手一杯なんだ!!」

信次、走ってくる。

信次　「ユタ！」

ユタ　「どうした！」

信次　「鉄砲水だ！　ピエベツ沢が爆発した！」

ユタ。

信次　「ピエベツの伐採地から土砂が流れ出て凄い勢いでふくらんじまってる！
光介ンとこの畑が殆んど土砂に飲まれて全滅だ！
こんな岩がごろごろ流れてきてるンだ」

流れの音、異常にアップする。

11　洪水

激流。
ごろごろと凄まじく流れてくる岩。
水流。ぐんぐん水位が高まる。
くずれる土砂。
圧倒的に荒れ狂う自然の怒りとエネルギー。

光介　「俺の畑が！
林さん！　何とかしてくれ！
人参が流れる！　南さん！　俺の畑！
止めてくれ！　誰か何とかしてくれ！　林さん！
お願いだ！　南さん！」

12　荒地にて

舞台一面に水の影。
山側に夕陽。
その山側から下の平面を覗き込んでいる村人たち。その視線。
膝をまくり、真剣に何かをしている光介。
とび出るかやと弘子。

かや　（恐る恐る）「光介！――どうしたの！――何やってンの！」
光介、腰を伸ばす。

光介　「見てみなよ姉ちゃん。きれいだろ！　田圃に水がホラ、きれいに張れてる。
早く田植えを済まさないとな」
光介、見えない田植えを続ける。

かや　「何云ってンの光介、どこに田圃があるの！」

弘子「ここは農協の駐車場でしょ」

光介（嬉しげに）「どじょうがいるンだぜ。ホラ。タニシもいる。

あ、ヒルだ」

田中「光介」

光介「田中さん、やっぱりね、農薬を使わないとどじょうもタニシも帰ってくるンですよホラ。少しでいゝんですよ少しの田圃で。

自分らの食う分だけこうやって作ってりゃ」

藤倉「光介！」

光介「踏むな！　植えた苗ずかずか踏むな！　田圃に入るな！　人の苗踏むな！」

ユタ、信次、医者たちを連れ走り出る。

かや「あんた！　何とかして！　光介が――」

医者「坂本さん」

光介（つきとばす）「入るな！　田圃に入るンじゃねえ！」

ユタ「光介！」

光介「あっ――ユタ！

俺ァ開発から下ろしてもらうぜ。

死んだおやじに怒られたからな。
（植える）
昔に戻るンだ！
昔に戻って自分らの食う分だけこれから作りますから」

光子「光介、あんた精が出るじゃない」

光介「ハイ！」

光子「何つくってるの？」

光介「米つくってます。雪あかり」

光子「手伝わなくても大丈夫？」

光介「ハイ！」

光子「ねえ光介、そんなことやめてさ、今日うちジンギスカンするのよ。
食べに来ない？」

光介「ジンギスカンすか？」

近寄る医者の手の注射器に気づく。

光介「何それ――一寸！　ユタ！　こいつら何、え？　なに!?」

一斉にとびかゝる医者たち。

注射を打たれる光介。

光介　「信ちゃん！　姉ちゃんー！」

かや　「光介！」

一瞬のストップ。

音楽――イン。

動き突然スローモーションになる。

一同連れて去る。

13　災害

スカンポと才三が出る。
呆然とその情景を見ている。

才三「スカンポ、よく見とけ。
これがニングルの云ったことだったンだ。
あんなにみんなに忠告したのにな」
ゴツンゴツンという音と影が辺りを異様な状況にする。
スカンポ走り去る。
才三。
戻ってくるユタ、信次。
音。

信次「何だこの音！」
信次「何なンだ」

音。

信次「何かがガラスにぶつかってるみたいだ」

ユタ「オイ」

ユタ、天を指す。

三人。

間。

信次「何だあれ」

間。

ユタ「鳥だ！　物凄い小鳥の群れだ！」

信次「見ろ！　ホラ！　小鳥の群れが体育館のガラスに衝突してどんどん死んでく！」

呆然たる一同。

信次「どういうことなンだ。え？」

ユタ「どうなってるンだ」

才三「（ポツリ）鳥たちが抗議の自殺してるンだよ」

二人、ギクリと才三を見る。

才三　「あいつらの森を伐っちまったから」
　　ユタ。
　　――才三を鋭く見る。
　　何か云いかけ、止める。
ミク　（入る）「あんた、うちの湧き水が出てないンだけど」
ユタ　「湧き水が？」
ミク　（うなずく）
ユタ　「バカ云え。あの湧き水は開拓以来どんな干ばつでもちゃんと出てたって」
　　藤倉、湊、田中とびこむ。
田中　「お前んとこの湧き水異常ないか？」
ミク　「異常ですよ、水が全然出てないンです」
信次　「どうしたンです」
藤倉　「ここらの井戸が軒並み涸れてンだ。
　伊村ンとこも清水ンとこも！（信次に）お前の所も親父さんが騒いでる」
田中　「ニンジン工場の水も出てない！」
一同　（呆然）

その時才三、薄く笑う。
行きかけた堺、才三をふり向く。
才三――笑いを止めている。

堺　「オイ。お前今笑ったのか」
才三　「――」
堺　「笑ったのかと聞いているんだ――水が涸れたのが何でおかしい！」
才三　「――」
堺　「みんなの不幸がなンでおかしい！」
信次　「止めろよ！」
田中　「奥さん！　こいつはどうなってるンだ！　こいつは割当ての山仕事にも出ないし村の取り決めに逆らってばかりいる！　一体こいつはこの村で俺たちと力を合わせて住んでいく気があるのか」
民吉　(突如出る)「一寸待て！」
田中　「――」
民吉　「才三はそんなにまちがっとるか！　村中がみんなで〆め上げる程、才三の云うことはまちがいか！」

ユタ　「おやじ！」

民吉　（激怒）「田中さんお前とこのおやじが生きとったらこの有様見何ちゅうと思う！　飯沼や熊川のじいさんたちが生きとったら、あんたのやってることを何ちゅうと思う！」

信次　「おやじさん！」

民吉　「村の取り決めってそりゃ一体何だ！　森を守らんけりゃ水は守れん！　わしら農家はその水のおかげでこうやって喰はしてもらってるンじゃないのか！　昔の人方がこの話きいたら」

堺　「氷倉のじじい、いゝかげんにしろ！　昔と今じゃ時代がちがうンだ！」

信次　「堺さん」

堺　「大体そもそも森を伐る話を最初に云い出したのは一体誰だ！　才三やユタや、こいつらじゃなかったのか！」

才三　「たしかにそうです！　でもニングルに俺は云はれて」

ユタ　「才三黙れ!!」

湊　「止めましょうよ。ね。そんな話今むし返したって。それより

——俺、消防に連絡してきます」

ユタと才三を残し、一同去る。

ユタ。

才三　「ユタ、あの時」

ユタふいに歩み寄り才三をひっぱたく。

才三、しかし反って薄くもう一度笑う。

才三　「ユタ、あの時のニングルの言葉は」

ユタ　(叫ぶ)「お前は神様か!!」

才三　「———」

ユタ　「俺は人間だ!!」

才三　「何云ってンだ、オレは」

ユタ　「人間だからオレは。

家族を食わすことが何より先だ!」

才三　「洪水を見てみろ!　あの鳥たちを見てみろ!　湧き水を見てみろ!

ユタ、目をさませ!　目先のことだけ考えていたら」

ユタ　「お前も人間ならそれを考えろ!

村の連中とお前の間でミクがどんなに苦労してるか。何より先にそのことを考えろ！　あいつにこれ以上余計な苦痛を与えるンじゃねぇ!!」

ユタ、それ以上何も言えず、身をひるがえして一同を追い、去る。
才三。
ふりかえる。
ライトの中にスカンポが浮き上る。
スカンポはかがみこみ、涙と鼻を拭き、しゃくりあげながら何かをしている。
才三、近づく。

才三　「小鳥の墓を作ってやってるのか」
スカンポ「――」
才三　「作ってやるなら共同墓地にしろ。一羽づつ作ってたら際限ないぞ」
ユタがゆっくりと戻ってくる。
スカンポ「――」
才三　「だけど――。そうだな」

スカンポ「――」
才三　「一羽一羽にそれぞれちゃんと――一羽一羽の命があったンだもンな」
才三。
スカンポの作業を手伝う。
ユタ、それを見ている。
才三とスカンポ去る。
ユタ、一人。

14　かやのモノローグ

かや。

かや　「あんたが今何を考えてるのか
　　——知ってるわ。
　あの日のことを考えてるンでしょう
　ニングルなんて逢ったことない
　みんなの前でそういう顔をした日。

　本当にあんた逢わなかったの？
　本当に何も云われなかったの？
　ウソでしょ？
　　（間）。
　判るのよとっても

今の世の中で
科学の本にないことしゃべったら
仲間外れにされちゃうものね
それはとっても怖いことだもンね
食べてかなきゃならないンだもンね
まわりのみんなと摩擦をおこさず
それは時には本当のことを云うより
ずっと大切なことなンだもンね
判るの、でも。
（間）
恐いの私、――今、とっても。
（間）
このまゝだと私、あなたのことを、
心の中で軽べつしちゃいそうで」
光介、浮かび上る。
光介　「引き返すことって君怖いですか？

貧しい昔に引き返すこと」

音楽――イン。

かや「そう――。

何もなく

でも全てが暗闇に輝いていて

丘には満天の星が降ってる

その降る音を聞いたンでしょあんた?」

光介「本当はきいたくせにきかないって云うこと

それがおたくの男の美学ですか?」

かや「本当は見たのに見ないって云って

大事な人まで裏切ってしまう。

あんたにはそれがそれほど大事なこと?」

光介「引き返すことってそんなに怖いですか?

先に進むこと

それは怖くないンですか？」

15　渇水

ボーリングの音が遠く聞こえる。

音楽――イン。

水を運ぶ村人。

楊（やなぎ）の枝を持って出るスカンポ。

地底の水の流れを探している。

才三、スカンポの様子を見て村人を気にしながら。


才三「スカンポ、昼間は止めろと云っただろ」

スカンポ「――」

才三「俺たちは白い目で見られてるンだ。

そうじゃなくてもみんな水涸れで神経質になっちまってる。

そういう水探しをニングルに教わったなんて村の連中の耳にでも入ってみろ。又どんなさわぎになるか判ったもんじゃない」

スカンポ「――」

才三「夜に又やろう。昼間は止めろ」

行きかける。

スカンポの枝が地に向けて曲がっている。

才三もやってみる。

枝が地に向って曲がる。

才三、愕然とスカンポを見る。

間。

才三「(かすれて) ユタとみんなを呼んで来い！　井戸掘りの親方にも来てもらうンだ！」

スカンポ飛んで去る。

才三、曲がった場所に印をつける。

ユタ現れる。

ユタ「何だ」

才三「ユタ、こゝを掘れ！　こゝなら水が出る。今やってるとこはいくら掘っても無駄だ！」

田中と信次、現われる。

田中「どういうことだ」

才三「スカンポが発見しました。この下の地下に水があります！」

信次「発見したって、どうやって」

才三「楊の枝だよ！　（やってみせる）ホラこうやるとこゝで先っぽが曲がる！

このずっと下に水がある証拠だ！」

嬉々とやって見せるスカンポと才三。

井戸掘りの親方出る。

親方「その方法は誰に教わったの？」

才三「ニングルです！」

親方「ニングルっていうのはどこの会社だ」

才三「会社じゃありません！　ニングルっていうのは森に住むこの位の人間です！」

ユタら、親方の反応に注目。

才三「三百年近く寿命があって、自然のことなら何でも知ってます！」

間。

親方　（ユタに）「この人は――――（頭の所で指を回し）コレか」
ユタ　「イヤ別にコレでは――――ハイ、少しコレです」
　　間。
才三　「待って下さい！
親方　「忙しいンだ」
才三　「待って下さい！　だけどあすこからは絶対出ませんよ。オレゆうべあすこで試してみたンです！　楊の枝は曲がりませんでした」
　　田中ら、親方を見る。
　　間。
親方　「その枝はどこで買った？　何か秘密の仕掛けがあるのか」
才三　「いえありません！　そこらで取って来た只の枝です」
　　間。
親方　「忙しいンだ」
才三　「待って下さい！　だって現実に親方のやり方じゃあ全然水に当たってないじゃありませんか！　一メートル掘るのに三万円。既にもう四十何メートル。人参工場じゃ百メートル掘っても」

親方　「一メートル二万七千円の特別価格でやってやってる」
才三　「二万七千だろうと三万だろうと水に当たらなければ意味ないですよ」
親方　「（ユタらに）そんじゃニングルにまかせるわ」
ユタ、信次　「ハ？」
　　親方、乾分の耳に何か云う。
親方　「この村の井戸掘り止めた。組合の方にもそう伝えとく。じゃ」
　　親方、去る。
　　ユタら仰天。
田中　「待ってくれ親方！　話を聞いてくれ！　（追う）こいつは今本当におかしくなってるンだ――」
　　才三、スカンポ、残る。
　　チェーンソウを持ってミク出る。
　　民吉も。
ミク　「あんた」
才三　「水だ！　スカンポが発見した！」
ミク　「12林班の伐採に行って」

オ三　「ミク」

ミク　「渇水さわぎで人手がたらないンであすこの森はまだてつかずなンだって。田中さんたちに云われたの。お願い。行って」

オ三　「どうしたんだ」

ミク　「出役（でやく）の義務をうちだけまだ果たしてないから、すぐに果たして欲しいって」

オ三　「何云ってンだミク、云ってるだろういつも。俺は伐採には協力しないって」

民吉　「水が出るって云うのか」

オ三　「はい！　確かに。スカンポが発見しました」

民吉　「どうやって」

オ三　「柳の枝です。枝を持つと根元がここで下がります。地中の水を吸い上げたがっているンです。」

ミク　「あんた」

オ三　「ニングルに教わった方法です。絶対間違いありません」

民吉　「そうか。確かだと云うならやっていろ。わしが代わりに山へ行く」

ミク　「止めて！　父さんは余計なことは云わないで」
民吉　「ミク！」
ミク　「父さんは仕事のことに口出ししない約束でしょ。スカンポ連れてあっちへ
　　　行って！」
　　　　間、
　　　　民吉、スカンポと去る。
ミク　「あんた年寄りを山に行かせていいの！
　　　コレは丸太家の問題でしょう！」
　　　　押し付け去るミク。
才三　「ミク！」

16　作業場

作業をしているユタ。
才三──つかつかとユタに歩み寄る。
間。

ユタ「何だ」
才三「田中さんに云ってくれ。
　俺は木を伐らない。山へは行かない」
　チェーンソウを置いて去ろうとする。
ユタ「待て」
才三「──」
ユタ「判ってるのか。お前自分のやってることが」
才三「判ってるさ。少なくとも俺は親友に対して、裏切るようなまねだけはしてない」

才三、突然チェーンソウを蹴る。

ユタ　「――」

才三、去ろうとする。

ユタ、突如立ち上がり、才三を追って殴りつける。

殴り返す才三。

ユタ、足払いをかけ才三を転がす。

にらみ合う二人。

斗い。

――。

ユタ、才三を抑えこみ、怒りをこめて何度も殴る。

ミクとびこんで息をのむ。

物も云わずにユタを引きはなし、逆えび固めでユタを抑え込む。

ユタ、――。

ユタ　「判った。判ったもう止めろ」

ミク、――やっと離れる。

ユタ。

ユタ　「才三――。
　お前はいゝ女房を持ったな」
才三　「――」
ユタ　「大事にしてやれ」
才三　「――」
ユタ　「お前の為だ」
　去る。
　ミクと才三。
　間。
　チェーンソウをとり、才三に押し付ける。
ミク　「お願い。黙って山へ行って」
才三　「――」
ミク　「みんなの為に――。山へ行って」
才三　「――」
ミク　「私はあんたを信じてるじゃない。あんたの話を信じてるじゃない――。
　だからお願い！　山へ行って！」

ミク去りかけるがふと止まり、才三を振り向く。
突然バッと駆け寄り才三に抱きつく。
物陰から見ているスカンポ。
暗転。

17　第12林班

山道を歩く才三、そのモンタージュ。
その中に無数のニングルの声。
その声が突然ピタリと止む。
才三、チェーンソウを置く。
静寂。
才三。

——

間。
静寂。
才三、突然木の幹へ近づきその根本に酒をかけ、
手を合わせる。
突然降ってくる松ぼっくり。

間。
ふり切るようにチェーンソウのエンジンをかける。
轟音。
いつか追いかけてきたスカンポが、口を抑えてその姿を見ている。
才三、木の幹にチェーンソウの刃を入れる。
一方から三角に。
そして他方から。
――。
木の陰からそっとのぞいているスカンポ。
エンジンを止めた才三は少し離れて木に背を向ける。
静寂。
ピシピシと木の幹が音を立て始める。
才三、突然ギラリと木を仰ぐ。
間。
チェーンソウを置いて倒れて来る側の木の前へ立つ。
ニングルの声が無数に聞こえ出す。

木がペキペキと音を立て始める。
ニングルの声「危ない才三！　そっちへ倒れるぞ!!」
スカンポ飛び出す。
恐怖に動けない。
才三、空を仰ぎ蒼白に笑う。
才三「判ってるさ！
——アバヨ、ニングル!!」
暗転。
大樹の倒れる凄まじい轟音。
静寂。
音楽——イン。

18　ミクのモノローグ

緊迫した様子で忙しくケイタイ電話をかける
かや。
ひとりがくがく震えているミク。

かや「そうです！　スカンポです。
スカンポがついていったらしいンです。
狂ったみたいに飛び込んできて。
——ハイ、山へ、
ハイ、山へ又すぐ走って行きました。
ハイ、うちの人と、信ちゃんが一緒です。
警察と消防はもう行っています。
間
いいえ、事故らしいです。木を伐っていて」（走り去る）

ミク　「灯が動いてたの
音は何もないの
みんなの灯だけが山に向って
一生懸命走って行ったわ
星みたいだった
兄ちゃん覚えてる？
ペペルイの丘で見た
昔の、あの夜の星みたいだった
音はしないの
音はなかった
多分ペペルイのあの丘でも今は
星の降る音なンてきこえないわよね」

才三の声「ミークー」

ミク　「うちの人が死んだって本当なの兄ちゃん？

伐った木の下敷きになっていたって?

そんなことってどうしてあるの?
だってうちの人ベテランなのよ!?
小ちゃいころから山子に出てたし
だからあの人行かせたんだし。

山に行かしたのは私なのよ兄ちゃん!
あんなに嫌がったのに私があの人を!!

音がしないの
光だけ見えるの。
でもその光も——
見えなくなってくの

山は——

そうなのね
もう雪かもね

いけない私、うちの人出るとき
雪の支度をしてあげるの忘れた」

19　通夜

遠いシカの鳴き声。
才三の遺体と小さな焚き火。
うづくまって動かないユタ、信次、スカンポ。
スカンポは疲れて眠りこみ、しかし時々体が泣きじゃくる。

信次　（ポツリと）「ユタ、お前どう思う」
ユタ　「――」
信次　「これが事故だとお前思うか」
ユタ　「――」
間、
信次　「大体こいつを独りにしちまったのは――結局こういう目にあわしちまったのは、もしかしたら俺らが」
ユタ　「止めろ！」

信次　「――」
　　　　間。
ユタ　「こいつは現実からひとり逃げてた」
信次　「――」
ユタ　「逃げて――逃げまくって――
　　　逃げ切りやがった」
信次　「――」
ユタ　「どんなにこいつに云いたかったか。
　　　その通りだ。お前の云う通りだ。ただ――」
信次　「一つきいていいか」
ユタ　「――」
信次　「ニングルに逢ってるンだろ」
ユタ　「――」
信次　「いつか会議で才三が叫んだとき――逢った人名乗ってくれと半泣きで叫
　　　んだとき、お前は最後まで手をあげなかった」
ユタ　「――」

信次「だけどお前、本当は逢ってたンだろ」

ユタ「――逢ってない」

信次「声もきいてないか」

ユタ「――きいてない」

間。

信次「そうか」

ユタ「――」

信次「それじゃア俺だけだったンだな」

ユタ「――」

信次「俺だけに向ってこいつは云ったンだな」

ユタ「――」

信次「裏切ったのは俺だけだったンだな」

ユタ。

――ゆっくり顔をあげて信次を見る。

ユタ「(かすかに)信次、お前――ニングルに逢ったのか」

信次「(うなづく)才三に一度、連れて行かれた」

ユタ　「――」
信次　「ニングルに逢って、話をきいた」
ユタ　「――」
信次　「だけどあのとき――逢ったとは云えなかった。
　そんなこと云ったら――笑われるだろうと――
　それが怖くて、逢ったと云えなかった」
ユタ　「――」
信次　「あれ以来才三をまともに見れなかった」
ユタ　「――」
信次　「裏切ったンだからな、俺はこいつを」
ユタ　「――」
信次　「軽蔑していいぞ。俺のことを。ユタ」
ユタ　「――」

静寂。

ユタ。

消防団員（湊）に連れられ光介が現われる。

信次「光介――。お前病院から抜け出して来たのか」

光介。黙って遺体の所へ行き、遺体に黙ってとりすがる。

光介着ていたコートをかける。

信次自分のコートを光介に。

光介そのコートも才三に。

その時スカンポが異様な声をたてる。

信次「ん?」

スカンポ、雪の上をゆっくり指さす。

信次（かすれて）「足跡だ。――ニングルたちの足跡だ！

こいつら才三の通夜に来てくれたンだ！」

スカンポ、足跡を追って山の奥へ

光介、うめくように嗚咽をもらし始める。

光介「才三！　友だちがお別れに来てくれたぞ！（号泣）」

呆然と立ちすくんでいるユタ。

20　深い森

深い森。
民吉、十字架を作りつゝぶつぶつ何か云っている。
ふと手を止める。

民吉　（突然）「誰だ！　そこにいるのは誰だ！」
若い男女が現れる。

民吉　「あんたは――エ!?
父ちゃん!?」

ますよ「元気かい民吉。おめえやせたなぁ」

民吉　（口の中で）「母ちゃんだ――」

民三　「何をしている」

民吉　「――墓を作ってます。ミクの亭主の」
梟の声。

民三　「いくつになった民吉」
民吉　「七十三です」
民三　「七十三か。八十にみえる」
民吉　「――――」
民三　「もう畑にはでとらんのか」
民吉　「畑は――――とっくにユタに譲りました。私は時々手伝うだけです」
民三　「沢音がきこえん」
民吉　「ハ？」
民三　「ピエベツ沢の流れの音が」
民吉　「――――」

間。

民三　「昔此処らには色んな音があった。小鳥のさえずり。
蚊やブヨの唸り。木の葉のささやき。ピエベツ沢の音。
それに――――真夜中、星の降る音」
民吉　「――――」

間。

民三「森は何処へ行った」
民吉「――」
民三「ピエベツの森はどうして消えた！」
民吉「――」

音楽――低く忍びこむ。Ｂ・Ｇ

民三「覚えてるか民吉。昔した話を。
ある日爺さんがピエベツの森へ木を伐りに入ってニングルを
踏んづけた。爺さん青くなってすまんすまん云うたらかまわん
かまわんとニングルが笑って、その代わりめったに木を伐るな。
子供が生まれたらその子の木を植えろ。
その木が育てばその子も育つ。
だからわしらはいつも木を植えた。
おめえのも植えた。かつらのも植えた。
かつらが死んだとき、かつらの木も死んだ」
民吉「覚えてるさ父ちゃん、忘れるもンか」
民三「そうだ。だからこそおめえも植えた。

ユタが生まれたときユタの木を植えた。
ミクが生まれたときミクの木を植えた。
スカンポの時にはこぶしの苗を」

ますよ（突如叫ぶ）「止めて！　ユタ駄目!!」

一瞬真紅のライトの中にスカンポの苗木を手にした

青年ユタが立つ。

ますよ「それはスカンポの生命の木だべ！」

赤子のうめき、一瞬。

ますよ「スカンポ！　どうしたスカンポ!!」

青年と母消える。

中断した音楽、再び入る。

民三「おめえは懸命にスカンポのこぶしをもう一度つかそうと必死に努力した。
スカンポのこぶしは何とか蘇った。
しかしあのこぶしは花をつけなかった。
だからスカンポは口がきけない」

民吉「父ちゃんあれは――俺が悪いンだ。俺がしっかり云はなかったからユタはあの時雑草とまちがえて」
民三　「庇うのか！」
民吉　「――」
民三　「それでもまだおめえはユタを庇うのか！」
民吉　「――」
民三　「ピエベツの伐採を推し進めたことも、才三をひとり追い込んだことも。
それから、あのとき蘇ったスカンポのこぶしを今また枯れさせてしまったことも」
民吉　「スカンポのこぶし⁉」
民三　「――知らんのか」
民吉　「それは――一体」
民三　「ピエベツ伐採のもたらした渇水で、あの木は今年水をとれなかった。今年の冬はもう越せんだろう。
だからスカンポの体も弱っている。
あの子の命ももう永くない」
民吉　（仰天）「そんな！　どうして？」

民三　「全てはピエベツの森を伐った報いだ。おめえはそれを止めようとしなかった。しないばかりかまだユタを庇っている」

（溶けてゆく）

民吉　「父ちゃん！　待ってくれ！　父ちゃん！」

民三　（溶けつゝ）「おめえの嫁もそれからかつらも、みんなこっちで悲しんでるぞ！」

民吉　「父ちゃん！　父ちゃん！」

民吉一人ライトの中に残る。

民吉　「――――父ちゃん！」

21 時の流れ（モンタージュ）

音楽――イン。

赤ん坊のように眠っているスカンポ。

かや　（出る）「アラ又眠てるの？　この頃暇あると眠ちゃうのね。スカンポ！　春よ！　冬眠からさめて！」

ぼんやり目をさますスカンポ。

落ち葉を掃いているかや。

かや　「知ってるスカンポ？　光介がね、やっと良くなって病院から出て来たの。出たンだけどそれから何やってると思う？　井戸掘り！　信ちゃんと二人で組んで。あの翌日から井戸を掘り出したの。才三さんが死んだ翌日からね。あんたと才三さんがこゝだって云って井戸屋の親方を怒らせたあの場所を！　でもまだ二メートルも進んでないみたいよ。岩盤なんだって、あそこいきなり。
まわり中みんな云ってるンだって。
光介はやっぱり良くなってない。おまけに信次までおかしくなったって。
ひどいね」

突然、雨の音、S・E

かや「本当によく続く雨。
夏だっていうのに気温も全然上がらないで
ユタ兄ちゃんまいっちゃってる」

スカンポ、かやのお腹に耳をつける。

かや「何?」

しばらくスカンポをじっと見て

かや「何それ。――えっ!! あんた、何かきこえるの?
あんたの耳にはもうきこえるの
赤ちゃん。
そうなの。
ここに今いるの。

小っちゃい小っちゃい命なのまだ。
あなたのいとこが、今こゝにいるの！」
かやへ投げられるエプロン。
かや　（奥へ）「ごめんさいあなた！　物投げないで！
おなかの赤ちゃんにぶつかっちゃうから！
――ゴメンナサイ」
びっくりしているスカンポ。
かや　「ごめんね、びっくりした？
ユタおじちゃん荒れてるの。
今年又畑を拡げちゃったでしょ。
そこへじゃがいもどかんと植えたでしょ。
ところが夏のあの長雨、黒アザ病が発生しちゃってじゃがいも
全滅。
だからね――
だから大変なのあの人――
機械の借金はいっぱいあるし、

水だってまだ――そういえばあの二人、まだ井戸掘ってる。
あれからもう一年にもなるっていうのに――。
どうしたの？
エ？　雪虫？　――本当！
又冬が帰ってくるンだ」
　かや、去る。
スカンポひとりで雪虫とたわむれる。
暗転――。

22　農協・ペペルイ支所

音楽――クリスマス。
座っている田中たち。
吹雪の中、かやを伴って現れるユタ。

ユタ「すいません遅くなりました」
堺「おやじはどうした」
ユタ「――おやじは、――かんべんして下さい」
湊「子供つくってる場合じゃないだろうが。どうするンだ一体お前とこの借金」
ユタ「――」（頭下げる）
田中「ユタ」
ユタ「――ハイ」
田中「みんなと散々話し合ったンだ。

お前ンとこの農地、機械類、在庫の農薬他全部処分しても殆んど借金の半分にもならん。第一誰も土地を買えんちゅうし」

ユタ「――」

田中「農協の役員とも相談したンだ」

ユタ「(かすれて) 待って下さい田中さん！　経営の失敗は認めます、けど、三年つゞきのこの冷害で」

堺「農家が天候のせいにするなよな！」

南「それは誰だって同じだろうが！」

ユタ「――」

藤倉「ピエベツの森を伐って土地を拡げようって云い出したのは元々お前らなンだ。それにのせられて規模拡大して、既に六軒が離農に追い込まれてる。その都度おれらは連帯責任負わされて、さかさにされたってもう鼻血も出ねえよ。これは田中さん、あんたにだって責任があるんだぜ！」

田中「――」

湊「(ユタに) とにかく他にもう方法はねぇンだ。家も土地も捨てて裸でこゝから出て行くことだな」

間。

湊たち引き揚げる。

ユタ　「お願いです、田中さん。オレの土地はどうなってもいゝです。

だけど、おやじの持ってる土地は、じいさんたち三代が拓いた土地は」

田中　「かんべんしてくれ。そんな状態じゃないことは判るだろう」

田中、去る。

後を追うかや。

かや　「田中さん――！」

追おうとするユタ。

信次　「ユタ。

あきらめろ。俺は最近やっと判った。

俺らは結局中央のすすめる、開発って奴の食い物にされたンだよ」

やさしく、ユタの肩を叩き、去る。

23 井戸

木枯らし。

カーン、カーンという音がする。

懐中電灯をつけてユタが来る。

懐中電灯の灯りの中にミクが浮き上がる。

三脚の脇で疲れ果て眠っている。

ユタ、咳き込む。

ミク、目をさます。

ミク 「――眠ちゃった」

ユタ 「――凍死するぞ」

ミク 「又、飲んでる。今、何時」

ユタ 「もうじき朝だ。全然寝てないのか」

ミク 「信ちゃんたちは全然眠てないわ」

間。

ユタ「お前、毎晩手伝ってるのか」

ミク「たまによ。放っておけないじゃない、亭主の云い出した井戸なンだから」

間。

ユタ「保険が下りたって？　才三の」

ミク「下りたよ」

ユタ「機械の借金返したらしいな」

ミク「返したよ、だから余分な金ないよ」

ユタ、地底に突然叫ぶ。

ユタ「信次、光介！　出てこい！　もうじき朝だぞ！」

間。

ユタ「そこは岩盤だ！　水なンか出るわけねぇ！」

ミク「黒アザ病で芋全滅だって？」

ユタ「――」

ミク「どうするのよ一体あんなに作って」

ユタ「――」

ミク　「うちは助かったわ、土地拡げないで。亭主の育苗したアスパラが、来年から漸く出荷できるし」
ユタ　「――」
ミク　「兄ちゃん、うちの人私に云ったンだ。少しだけ昔に戻らないか、お前が良ければ。一寸だけ不便だけど、それを我慢すれば」
ユタ　「信次いゝかげんに止めろっていうンだ！　そんな岩掘って一体何になる！　水なンて出っこねえ！　常識で考えろ」

信次、光介、浮かび上がる。

ユタの声「専門の井戸屋が無駄だって云ってンだ。オ三に義理だてしてくれるのはうれしいけど――頼むからいゝかげんにもう止めてくれ！」
信次　「しッ」
ユタの声「そんなことしてたらお前らが参っちまう！　そっちの方がずっと心配だ。光介！」
信次　「うるせえ静かにしろッ」
ユタの声「信ちゃん！――きいてるのか。――信次！　どうした」

信次、光介。

光介「水だ」

信次「水だ」

間。

光介「水だ————ッ!!」

信次「水だ————ッ!!」

暗転。

ゴボゴボと水の湧き出る音。

井戸再び浮かび上る。

井戸をのぞき込んでいるミクと村人たち。

民吉、出る。

民吉「どうしたんだ」

林「水が！　水が出たんだ！　信次たちが掘ってた井戸から今、水が！」

民吉「——」

ミク、井戸を棒で強く叩く

ミク「ウチの人が云ったことは正しかったのよ！」

だから云ったじゃない！　だからあの人あれ程いったじゃない！
なのに誰一人信じようとしないで」
　水を汲み上げるミクと村人。
　ユタ井戸からはい出る。
ユタ　「田中さん！　田中さんいる！
　(民吉を見つけ)
おやじ――(必死に笑おうとする)
本当に水が出やがった(必死に笑おうとする)
スカンポの見つけたこの場所から、本当に水がでやがった」
　井戸をとり囲む村人。
　一人とり残される民吉。

24　民吉の贖罪

民吉　「水が出た。
　本当に才三の云った通りになった。
　（間）
　父ちゃん。
　――俺はどうしたらいいンだ」
民三の声「未来につなげ！」
民吉　「未来に――つなげ？」
民三の声「――」
民吉　「未来につなげって――今、俺に、何が」
　間。
　ニングルたちの声が聞こえる。
民三の声「ニングルたちがおめえに云っている。おめえの命をスカンポにやれ。やってめえはこっちの世界さ来い」
民吉　「――」
民三の声「怖いか民吉」
民吉　「――イヤ、でも――
どうやったらオレの命を――スカンポに」
ニングルたちの声。
民三の声「おめえが生まれたときわしの植えたホオの木が、おめえの後にまだ立っている」
民吉　（ギクリとふりむく）
木の影。
民三の声「その木を倒せ」
民吉　「俺の木を――俺が!?」
民三の声「倒して、燃やして、その灰をまけ。スカンポのこぶしの木さたっぷりとまいてやれ」
民吉　「――」
民三の声「さァ、斧をとれ。怖いか民吉」

民吉　「怖くなんかあるもンか。——いや（必死に笑う）
　一寸怖いわあ。
　だけど父さん、死ぬのがじゃないぜ。
　未来につなげるなら——俺ァ喜んで。
　だけど——
　木を伐ると何が起こるの。
　そっちの世界ってなにがあるの。
　ハハ
　知らん世界って——何だか怖いな」
ますよの声「知ってるよおめえは。全部知ってるよ。昔、みんなで暮してた世界だもの」
民吉　「母ちゃん。本当か？」
かつらの声「ほんとよ。父さん——」
民吉　「かつら！」
かつらの声「父さんお願い、スカンポを救って！」
民吉　「——そうか。

（間）

よし。

じゃあ倒すか」

斧を手にとり、ふと。

民吉　（笑う）「チェーンソウでやるよりゃずっとうれしいな。

自分の木ぐらい——自分の力でな」

民吉、斧をふるう。

カーン!!　ホオの木の悲鳴。

照明真っ赤になり、そして次第に暗くなる。

カーン!!　悲鳴。

カーン!!　悲鳴。

その中に斧をふるう民吉の姿。

暗転。

その中に斧の音と悲鳴のみ残って——。

25　回帰

「スカンポ！」「スカンポ！」とスカンポを探すかやの声。
光の交錯する中に倒れているスカンポ。
走りこんで来るかや。

かや　（とびこむ）「スカンポ！　スカンポ!!　あんた雷に――！」
恐る恐るさわる。
スカンポ、ゆっくり起き上がる。

かや　「大丈夫なのッ？（ゴミをはたく）どこに居たの？」
ミク　（とびこむ）「スカンポ!!（泥水の入った瓶を突き出す）水よッ。
水が出たのッ」
かや　「水？」
ミク　「そうよ!!　当たったの今水に!!」
かや　「水って――何の」

ミク　「何のじゃないわよ！　井戸よ！　光介と信ちゃんが掘ってた！
（瓶を示す）」
かや　「ええッ!?」（ミクの元へ飛ぶ）
スカンポ（突然）「木が話ちたの」
ミク　「木じゃないわよ水よッ!!」
泥だらけのユタとびこむ。
ユタ　「見ろホラ！（瓶を示す）澄んできた!!　飲んでみろ旨いぞ!!」
スカンポ「木が話ちたの」
ユタ　「（スカンポに）飲んでみろ！　あの水だ！　お前らが云ってたあの水だ!!
（飲ます。ミクに）水位もどんどん上がってる！　最高の井戸だ！　田中
さんが云うには」
スカンポ「うめえ！」
ユタ　「うめえだろ！」
かや　「おいしい！」
ユタ　「だろ!?」
ミク　「兄ちゃん、私うちの人に報告してくるから！　スカンポ！　お墓に行

こ!!」

スカンポ「木が話ちたの。あんちんちなって」

ミク（突如）「エエッ!?」

スカンポ「何の木だろう?」

かや「＊☆○☆！!?」（ユタも気づく）

スカンポ「大ちなホオノキ。チラカバ、チェンノキ」

ユタ「一寸待て!!」

スカンポ「ヤチダモ、ハンノキ、ヤナギトニャニャカマド。ドロノキ。トチノキ。（ミクにひっぱたかれる）イテッ」

ミク「――」

かや「声出た」

間。

スカンポ「エジョマチュ。トドマチュ（又ひっぱたかれる）イテッ」

かや「しゃべった」

間。

スカンポ「イテッて誰か云った」

ミク、かや
——うなづく。

かや　「あんたよ！」
ミク　（震え声で）「あんたが——しゃべってるのよ！」
ユタ　「何で⁉」

間

スカンポ「あたちの声が——きこえるぞォ⁉」

間

スカンポ「——おばちゃん、あたち、——ちゃべってる！」
民吉　「そうだ」

異様な姿の民吉が現れる

ミク　「父さん、スカンポが」
スカンポ「おじいちゃん、あたち、ちゃべってる」
民吉　「そうだ！　お前はもうなんでもしゃべれる！」
かや　「雷のショックだ」
スカンポ「おじいちゃん‼」

民吉「これまで云いたくても云えなかったこと、我慢してたこと、
何でもしゃべれる！」
ミク「父さん！　水が澄んできたの！　飲んでみて」
民吉「（瓶を指し）その水を、誰がくれたか判りますか？」
ミク「光介達が！」
民吉「その水は、伐られる前のピエベツの森が、何千年かかって貯えた水です
よ」
ユタ「何いってんだおやじ！」
民吉――ゆっくり変身する。
ミク「兄ちゃん、父さんが変!!」
民吉「自分は老人です。三百二十年、森と生きてきた」
音楽――イン
ユタ「ハァ――!!」
民吉「自分の一生には、色んな時期があった。
森も同じだ。
森も同じように生きてきたンじゃ。彼らも今の森になるまでに、

様々な苦労を重ねてきたンじゃ。
樹たちはそれを二百年三百年、物云わず耐え、黙々と生き、そうして漸く
今の森を創った。
しかし、人間は発達した機械で、わずか五分で一本の樹を倒す。
五百年の生を五分で奪う。
あなた方はこのことをどうお考えか。
森は無口です。無口で口下手だ。しかし、彼らも血を流し、涙を流す。だ
が、あんたらにはその血が見えない。流す血が見えんから、口をきかんか
ら、耳を貸さんというのなら――
それはね――ユタ！
それはね――」
民吉、胸をかきむしる。
民吉「大変――」
民吉の口から苦しげなニングルの舌打ちがもれる。
民吉「まずい――まずいこと」
民吉、倒れる。

スカンポ、ミク、かや、辛うじてそれを支える。

ミク　「父さん！」

スカンポ「イヤダ――――ッ!!」

一同の動きストップモーション。

飛び立つ鳥の羽音。

血を流したカムイが現れる。

ユタ、よろめき出て、井戸水の瓶を愛おしむ様に抱きかかえ、ガクッと気を失う。

暗転。

26　墓

スカンポ、民吉の墓に、たどたどしい言葉でしゃべりかける。

スカンポ「ちゃべりたいこと。——山程あったの。
アンガト、って——云いたかったの。
何度も何度も——云いたかったの！

この世に、あたちを——創(ちゅく)ってくえたこと。
お母ちゃんの代(かわ)りに
守ってくえたこと。
教(おち)えてくえたこと。
おじいちゃんにいつも
アンガト、って云いたかった！
今は云えるのに

いないンだもン！」
民吉の声（笑って）「そんなことあるもンか。おじいちゃんはそばにいる」
スカンポ「おじいちゃん！」
民吉の声「こぶしを見てごらん。お前のこぶしを。
　十年間咲かなかったお前のこぶしが、今年初めて蕾をつけてる」
スカンポ「うン！」
民吉の声「だからお前はもう普通にしゃべれる」
スカンポ（コクンとうなづく）「だけどネ、だけど、悲ちいことがあるの。
　ニングルたちがいなくなったの。
　ニングルたちが森から消えたの」
民吉の声「――」
スカンポ「ニングルたちは怒っちゃったの？」
民吉の声「――」
スカンポ「ニングルたちにはもう逢えないの？」
民吉の声「そんなことはない。
　ニングルたちは引越しただけだ。

ニングルたちは今ずっと奥の山で、
お前たちの為に木の種を集めてる。
きっとそのうちドングリが届く」

スカンポ「ホント!?」

民吉の声（笑って）「本当さ」

間

スカンポ「あたち。
今。おじいちゃんに、死(ち)ぬ程逢いたい！
昔みたいに、みんなで遊(あちょ)びたい！
ユタおじちゃんや、ミクリおばちゃんと！」

間

スカンポ「あの頃うちは何もなかったけど
じぇんじぇん不思議(ふちぎ)に思はなかったもの。
寒むくて――みんなで体寄(よ)ちぇ合って
ちょれで、とっても、倖(ちあわ)ちぇだったもの！」

長い間

スカンポ、涙をスッと拭う。

スカンポ「もひとちゅ悲ちい話（はなち）がありゅの。
ユタおじちゃん、土地を取られちゃうんだって。
あんなに一人でがんばってたのに」

間

スカンポ「あれから誰とも口をきかないの。
もうじき赤ちゃんが生まれるっていうのに。
かやおばちゃんとも、口をきかないの」

——暗転。

27 誕生

序章で民吉の廻していたあの手廻し水車がポッンと一つ。
その前にユタがうずくまっている。

ミクの声「兄ちゃん！　どこいったのよこんな時に――兄ちゃん」
ミク　（とびこむ）「兄ちゃん！　陣痛が始まったわ、助産婦さんがもうすぐだって云ってる」
ユタ　「――」
ミク　「兄ちゃんの子供が生まれるのよ！
どうしてそばについててあげないの！」
ユタ　「――」
ミク　「シャキッとしなさいよ！」
ミク、走り去る。
ユタ。

間。

民吉の声「どうしてついててやらないンだ」

ユタの目から急に涙があふれる。

ユタ「子供が生まれたからって父さん、俺には、残してやれるものがもう何もないンだ」

間。

ユタ「ピエベツの森を伐っちまった報いだ」

間。

ユタ「本当にニングルの云った通りになった」

間。

ユタ「才三は正しかった。

それなのに俺は——」

民吉の声「ユタその水車を廻してごらん」

ユタ。

ユタ「——」

民吉の声「ピエベツ沢の沢音がきこえよう。

あの頃みんなで毎晩きいた」

ユタ　「――」

民吉の声「沢音を呼び戻せ」

ユタ　「――」

民吉の声「ピエベツを森にもう一度返してやれ」

ユタ　「返すたって――

父ちゃん知らないンだ。

木を全部伐ったから土砂が流れ出て――

あすこには昔の生きた土はないンだ。植林したってもう遅いンだ」

民吉の声「いや遅くない。

今ならまだ間に合う」

ユタ　「――」

民吉の声「材木に売れなかった風倒木やくされ木が、まだあちこちに山積みされている。

それを運んでもとの山に置け。くされ木はゆっくり土に返って行く。

その土の上にドングリを蒔け。

ドングリはそのうちきっと芽を出す」
ユタ。
――顔をおこす。
ユタ　（かすれて）「そんな――気の長い」
民吉の声「――」
間。
ユタ　「気の遠くなるような――」
ユタ。
民吉の声「昔を思い出せ
体を使って――
ゆっくりとやれ」
静かに廻り出す水車。
気づくユタ。
音楽――テーマ曲、低く入る。
照明変わり、朽木をかついだ才三がスローモーションで登場する。
才三、ユタに朽木を差し出す。

スカンポ「おじちゃん！――おじちゃん！」
スカンポ、ユタを発見する。
スカンポ「おじちゃん！　生まれた！　男の赤ちゃん！」
落ちてくるドングリ。
スカンポ、落ちているドングリに気づく。
スカンポ「ドングリ？――ニングル！　おばちゃん！　おばちゃん！――」
ユタ　「――」
スカンポ去る。
ユタ。
――ぼんやりと立ち上がる。
朽木を担いだ民吉が現われる。
民吉、朽木へ土をかけながらユタへ「早く行け」
と呼びかける。
ユタ去る。
朽木をかついだ山子たちスローモーションで登場。
星が降りてくる。

星を見上げる、民吉と才三。
朽木をあちこちに置き土をかける山子。
舞台ゆっくり溶暗する。

28 終章

暗黒の中に不思議な音がきこえる。
舞台一面に星が降りてくる。
突然、
力強い木太鼓の音が圧倒的に舞台に流れる。

――幕――

(二〇〇八年七月)

マロース

1　プロローグ

チャイムの音。

ANの声「時刻は七時になりました。北海道のニュース最初の項目は、既に一人の死者を出している鳥インフルエンザのニュースです。バードウイルスが原因とみられる野鳥の大量死の目撃情報が今度は水鳥に広がっています」

客席、ゆっくりと暗くなる。

ANの声「渡島半島のオンベツ湿原一帯は、この時期各地から飛来する水鳥の越冬地として知られていますが、二日前、この地区でマガモ、コガモ、オナガガモ等の死体が発見されました。
札幌工科大学の調査チームが現在その死因を調査していますが、道では先月来この地区の住民に発生している謎の急性インフルエンザと野鳥の大量死との因果関係について重大な関心を寄せています。
この地区では先週末から養鶏所の鶏肉、卵の出荷が中止されており、湿原

地帯に近い音別地区では、養鶏所の閉鎖と鶏の殺処分という国の指令が出されており――」（この声遠ざかって）

2　ブナの森

周囲を覆う深い森にしんしんと降っている細かい雪。
ロシア民謡が忍びこみ、ゆっくり「ブナの森」が浮き上がる。
閉店後の片付けをしているこの店のオーナー・立花みどり。
帰り仕度をしたゆかり（通称・チルチル）が出る。

チル　「お先に」
みどり「気をつけてね。今夜吹雪になるみたいだから寄り道しないように」
チル　「判りました」
みどり「お疲れ」
チル　「お疲れさまでした！」
チルチル去る。
表の扉を閉めたチャイムの音。
みどり、溜息をつき、一寸扉を見て棚の奥からかくしてあったブランデイを出し、グラスに注ぐ。それから本を取り出し、カウンターに座って読みかけると、電気が消える。

みどり「あ、停電」

　グラスと本を持って暖炉の方へ歩く。

　暖炉の火が風で煽られる。

　椅子に座って本を読みはじめたところで、思はず小さく悲鳴をあげる。

　カウンターの奥に坐っている浅原清彦（58）。

みどり「びっくりしたあ！　いついらしたンですか浅原のおじさま」

浅原「――」

みどり（あわてて）「飲んでません！」

浅原「――」

みどり「ゴメンナサイ、少し飲んでました。でも前みたいな飲み方はもうしてませんから」

浅原「――」

みどり「すみません。店閉めたとこで。おまけに停電になっちゃって。コーヒーすぐに」
浅原「コーヒーはいゝよ」
みどり「そうですか？　――ゴメンナサイ。
（ハッと気がついて）鶏、殺処分されたって本当ですか⁉」
浅原「――」（かすかにうなずく）
みどり「8千羽全部⁉」
浅原「――」（うなずく）
みどり「卵の出荷もとめられたって――。どうするンだろうってさっきみんなが」
浅原「――」
みどり「養鶏所これからどうなさるンですか」
浅原「もう終ったよ」
みどり「終ったって――」
浅原「今読んでたのは御主人の新作かね」
みどり「――ハイ」
浅原「送って来たのかい」
みどり「いえ。――本屋で買いました」

浅原「売れてるみたいだね」

みどり「――みたいですね」

間

浅原「その後連絡は全然なしかい」

みどり「――はい」

浅原「舜君とはいつから逢ってないの」

みどり「もう、二年半以上になるかな」

浅原「大きくなったろうな」

みどり「今年小学校に入った筈です」

浅原「うむ」

風の音。

浅原（調子を変えて）「ペンケ沼には最近行ったかね」

みどり「ハ？　――いえ全然」

浅原「――」

みどり「おじさま最近いらしたンですか」

間

浅原　「今年は水鳥がいっぱい来てるよ」
みどり「でもあすこのカモも何羽か死んでたって」
浅原　「――」
みどり「恐いンですねバードウイルスって」
浅原　「――」
みどり「やっぱりカモが運んできたンでしょうか」

間

浅原　（壁にかかっている白鳥の絵を見て）「君のおやじさん、――立花が生きてた時分には写真をとりにここによく行ったな」
みどり「私もおたくの伸ちゃんと一緒に、そこにはよくつれてってもらいました。高山のおじさまもご一緒に」
浅原　「君たちが野鳥にバカに詳しくなっちゃったンで、俺も立花も完全に置いてかれた」
みどり「そんなことありません。あれは元々高山のおじさまに教わったンです」
浅原　「何て云ったかな、ホオジロの鳴き声は」
みどり「一筆啓上つかまつり候ですか」

浅原「そうそう、源平つつじ白つつじとも云ったな」
みどり「イッパイ買うから見つけて頂戴ってのもありました」
浅原（笑う）「よくおぼえてる」
みどり「もう殆んど忘れてしまいました」
浅原「ダムの工事が始まる前だ」
みどり「そう。あれで水鳥が一時来なくなったンです」
浅原「――」
みどり「でもおじさまと父がずい分反対して、高山組の工事が中止になって、それで又水鳥が帰ってきたンです」
浅原「おかげで俺たちは高山とぶつかって、高山組にいられなくなった」
みどり「あんなに仲良くしてらしたのに」

間

浅原「今年は五月に入ったっていうのに、水鳥たちがまだいるよ」
みどり「例年だったら越冬の時期はとっくに終ってますのにね。今年は春が全然来ないから」
浅原「コブハクチョウに、オオハクチョウも来てるよ」

みどり「オオハクチョウもですか!?」
浅原「立花が生きてたら喜んだろうにな」
森が風で鳴る。
みどり「アラ、又風が（出てきた）」
浅原、フラッと立つ。
みどり「お帰りですか？」
浅原「あんまり飲んじゃだめだよ」（去る）
みどり「飲みません！」
送りに出る。
みどりの声「気を付けて下さい！　あちこち吹きだまりが出来てますよ！」
風の音。
ブナの森のセットが静かに割れてペンケ沼のセットが現われる。

3　ペンケ沼虐殺

暗黒の中に霧が立ちこめている。
水鳥が啼いている。
舞台の上、下、奥から、幾筋かの懐中電灯のライトがその霧の中を走る。
ライトの中にチラチラと浮かび上がる防護服姿の男たちの影。
いきなりシューッという噴射の音が各所から起る。
ねていた水鳥がさわぎ出す。
さわぎはたちまち大きくなり、バタバタという羽音、水面を蹴る足音が加わる。
そこに散弾銃の音が加わる。
水鳥たちのパニック。
その狂騒が異様に昂って。

吹雪の音が叩きつける。

4　吹雪

その轟音の中に、ラジオの音がかすかに忍びこむ。

ＡＮの声「昨日まで日本列島を覆っていた移動性高気圧は日本の東に中心を移し、代って低気圧が朝鮮半島方面から北海道の南の海上を進んでいます。中心の気圧は９５５ヘクトパスカル」

5　遭難者

ローソクの灯の中の「ブナの森」。

その中で――

かすかに弱々しく扉を叩く音。

何度も。

みどり本を読んでいた顔を上げる。

ノックの音。


みどり「ハイ？」

「――」

みどり「どなた？」

「――」

みどり（ハッと）「おじさまですか⁉」

鍵をあけ、扉をあける。

チリリン！　というチャイムと猛吹雪の音と共に一人の老人がころがりこんで倒れる。

みどり（悲鳴）「どうなさいました！」

扉をしめて老人にかけ寄る。

顔からつららをたらした雪まみれの老人、大きなトランクを手にガクガク震えている。

みどり「大丈夫ですか!?　どちらからみえたンです！」

老人「――――」

みどり「あゝあゝこんなに凍りついて！　火に当って下さい！　コートを脱いで！　そのお帽子も！」

老人「家内は――――」

みどり「家内？　え！　おくさまもご一緒だったンですか？」

老人「――――」

みどり「こちらにはどなたもみえてませんよ。それより火のそばに」

老人、表へとび出そうとする。

みどり、必死にしがみついて。

みどり「無理です今出ても！　探しようがありません！　今警察に連絡しますから、それより火のそばに――ア、その濡れた服すぐ脱いで！（コートを脱がして）どちらまで奥様と御一緒だったンですか！おつれは奥様お一人ですか⁉　他にも誰か御一緒ですか⁉」

老人「――」

みどり「どなたか一緒なら大丈夫だ。（老人を椅子に坐らせる）ちょっと待ってください。その靴も脱いで、あ、タオル！　今警察に連絡しますから。こゝには車でみえたンですか？　車がどっかにハマッたンですか？（ケイタイつながらない）あゝ駄目だ！　電波が悪くてつながらない！」

間

みどり（つらら取る）「一体どっからみえたンですか。土地の方？　旅の方？」

老人（小さく）「判らない」

みどり「え？　判らない？」

老人「記憶が――」

みどり「記憶が？　記憶がどうかなすったンですか？」

老人　「すっかりとんで──」
みどり「すっかりとんで!?　記憶が、ないの？　全部忘れちゃったの？」
老人　「──」
みどり「とにかくもっと暖まりましょ！　ちょっと椅子前に出ますよ！」
老人　「あの、ここ──」
みどり「ここ？　ここはコーヒー屋ですよ。ブナの森っていう」
老人　「──」
みどり「失礼ですけど、──お名前は？（薪をくべる）」
老人　「──」
みどり「自分の名前くらい判るでしょ？」
老人　「マロ──？」
みどり「マロ──その後は？」
老人　「──」（首を振る）
みどり「じゃあマロさんてお呼びしますよ」
マロ　「──」
みどり「どんな車でここまで──。

マロ　　あ、免許証！　免許証か何かお持ちですか？」
マロ「――――」
みどり「一寸、コートのポケット、探さしていたゞいていゝですか？
　　　――探しますよ。ゴメンナサイネ」
　　　探す。
みどり「何も持ってないのね」
マロ「――――」
　　　間
みどり「ア、そのトランク開けてもいゝかしら」
マロ「――――」
みどり「アラ重い！　――これ、――見たことない鍵。どうやると開くンです
　　　か？」
マロ「――――」
みどり「教えて下さいな」
マロ「――――」
みどり「開け方も忘れた？」

マロ　「――」
　　老人、ウトウトと疲れて眠りかけている。
みどり「参ったなァ――！」
マロ　「――」
みどり（老人のそばで大声で）「わっ！」
マロ　「――」
みどり「だめか。とにかく今夜はこゝに泊ってって下さいな。空いてる部屋が一つ
　ありますから。半分物置きになってるけど」
マロ　（突然ボソボソ）「北天8ヶの冬の灯を求めよ」
みどり「ハ？　――なんて言ったの？」
　　間
マロ　「北天8ヶの冬の灯を求めよ」
みどり「北天8ヶの冬の灯を求めよ？」
マロ　「オリオンを背に見てカペラを目指せ」
みどり「オリオンを背に見てカペラを目指せ？」
マロ　「アルデバランに惑わされてはならぬ」

みどり「アルデバランに惑わされてはならぬ？」
マロ「カシオペアの灯を右手に望み」
みどり「カシオペアの灯を右手に望み」
マロ「迷わず天の川をつっ切って進むべし」
みどり「迷わず天の川をつっ切って進むべし」

間

みどり「何のこと？　それ」
マロ「——」
みどり「星の話？」
マロ「——」
みどり「マロさん」
マロ「——」
みどり「眠ちゃったの？」
マロ「——」
みどり「参ったなァ」

吹雪の音、凄まじく盛り上がって、終る。

6　凍結の朝（ブナの森）

窓の外は晴天。

除雪車の音。

店内の雪を掃除している中川銀次。

マロから事情を聴取している巡査の尾美。

尾美「一緒にいた人は何人いたの？」

マロ「――――」

尾美「友だち？　それとも家族の人？」

マロ「――――」

尾美「私の云うこと、きこえてる？」

マロ「――――」（うなずく）

銀次「どっかで転んで頭打つかなンかして記憶喪失にかゝってンだよ。早いとこ病院につれてった方がいゝよ」

尾美　「おぼえてないっておじいちゃん、今度が初めて？　それとも普段もすぐに
　　忘れちゃうの？」
チルチル（とびこむ）「おはようございます！」
みどり「遅い！」
チルチル「ごめんなさい車が吹きだまりにはまっちゃって――。
　　どうしたんですか？」
みどり「昨夜、夜中にころがりこんでみえたのよ」
チル「あの吹雪の中を!?」
みどり「おつれとどっかではぐれたらしいのよ。チルチル、どっかで車が埋ってる
　　の見なかった？」
チル　「見てません」
ゴッホ（画家、入る）「いやだァもう5月だっていうのに、どうしてこんなに雪が
　　降るンだ！　オハヨ」
みどり「ゴッホさんどっかで埋ってる車見なかった？」
ゴッホ「車？　うゝん。どうしたの」
銀次　「遭難者」

ゴッホ「遭難者⁉」
銀次「ゆうべ、夜中にころがりこんで」
ゴッホ「どこから」
銀次「あすこから。吹雪と一緒に3回転半。頭ぶつけて記憶喪失」
ゴッホ「アラ！」
みどり「そんなこと私云ってませんよ！」
チル「ママ！　町から卵が消えちゃってますよ！」
みどり「浅原さんとこの卵だけじゃなく⁉」
チル「全部です。スーパーにもコンビニにも全然売ってません！」
銀次「例の鳥インフルエンザのせいでかい！」
チル「みたいです」
ゴッホ「えーッ！　お昼オムカレーの予定だったのにィ」
泉（入る）「イヤァ降った降った！」
みどり・チル「いらっしゃい！」
泉「仕事にもなンにもなりゃしねぇ」
みどり「三沢さんとこ、どうなったの⁉」

泉　「夫婦共々熱が下がらなくてさァ、函館の病院に緊急搬送されたって。
　どうもやっぱり鳥インフルエンザらしいぜ。これ、函館行って来たから」

銀次「やっぱりかい！」

ゴッホ「恐い恐い」

　　　田村米吉、根津正（ネズミ）、風見純、入る。

三人「おはよう！」

みどり・チル「おはようございます」

米吉「いやぁ参った。ブルマン三つ濃いめの下さい。（尾美とマロを見て）
　尾美さん、いつもお世話になってます。――どうしたの」

ゴッホ「遭難者！」

米吉「遭難!?」

ゴッホ「ゆうべあすこから転がりこんで、吹雪と一緒に3回転半。頭ぶつけて記憶
　喪失」

みどり「ゴッホさん！」

米吉「記憶喪失!?」

銀次「何だいその恰好、朝から仕事かい」

米吉　「朝なンてもンじゃねぇよ！　昨夜からずっと今までよ。雪ン中ラッセルしてペンケ沼まで」
泉　「あすこら立入禁止になってンじゃないスか⁉」
米吉　「そうだよ。そん中をカンジキつけて雪こいで入って。言うなよ。眠ってる水鳥の徹底始末よ」
みどり　「殺しに行ったの⁉」
米吉　「これ以上ウイルスが拡がらねぇようにってよ。急拠人集めて毒ガスまいていっせいにシューーッよ」
銀次　「あすこはマガモが多いだろう」
米吉・ネズミ　「マガモだけじゃないです！　オナガガモやコガモ、オオハクチョウにコブハクチョウ！　ハクガン、オシドリ、ナキハクチョウ！」
米吉　「ネズミ！　余計なこと言ってねえで手ぇよく洗ってこい！　風見にも言っとけ！」
ネズミ　「ハイ」
みどり　「ハクチョウも殺したの⁉」
米吉　「あすこにいた水鳥は全部だよ」

米吉・ネズミ「みんないっせいに逃げようって暴れて、とび立つ奴は猟友会が散弾銃でバンバン！」

米吉「ネズミ黙れ！　ワシが言う。とび立つ奴は猟友会がバンバン！」

間

ネズミ「おしゃべり」（ネズミ去る）

米吉「言うなよ。あれが人間なら大量虐殺だぜ！」

ゴッホ「水鳥だって大量虐殺よ！　鶏にしたって口蹄疫の牛にしたって。人間にあなた一人や二人インフルエンザで死者が出たからってそこらの町の人全員殺す？」

チル「アウトビッチだ」

みどり「アウシュビッツ」

とびこむ関口。

関口「尾美さん！　あ、尾美さん！」

尾美「どうしたの」

関口「養鶏所の浅原さんがさっき自殺体で発見されたって？」

一同「え!?」

尾美「いつ！」
銀次「どこで!!」
関口「あ、まだ聞いてない!?」
尾美「確認してくるわ。おじいちゃん、とにかく警察まで来て！」
　マロを押すように外へ。
関口「中山峠で見つかったンだって！　薬飲んで車ン中で。死後二、三日は経ってたらしいって」
銀次「死後二、三日!?」
みどり「ウソ！」
　隅の席にいた星川と京子ふりかえる。
　ネズミ、びっくりして出てくる。
星川「たしかに浅原さんなんですか!!」
関口「免許証からもまちがいないって！　シート倒して眠るように死んでたって！」
　星川、京子と顔を見合はせ、ケイタイを出してすぐかける。
　一同。

間

泉　「本当かよ」

関口「本当スよ」

泉　「関口さん、それ誰に聞いたの？」

関口「道新の松下に聞いたンだよ」

泉　「いつ？」

関　「ついさっきだよ！」

銀次「そういや二、三日、浅原見なかったな」

米吉「三日前にわし来た時、あいつもう死んでたってこと？」

間

みどり（笑って）「そんな筈絶対ありえない！」

関口「いや確実な情報だって。死後硬直の具合からみても」

みどり「だって浅原さん、ゆうべこの店に来てたもン！」

銀次「ア!?」

一同。

みどり「店閉めてから――遅い時間に。この席に座って、私話したもン！」

ゴッホ（笑って）「あんたそれマジ?」

みどり「どうしてそんなことで冗談が云えるのよ！　浅原のおじさま、この席に坐って、昨夜、私と話したンだもン！　（関口に）冗談にも程があるわ！止めてよそんな縁起でもない話！」

銀次「まァまァ。チルチル、浅原ンとこに電話入れてみろ」

米吉「わし入れるわ」（ケイタイをかける）

チル（関口に）「ねぇ、本当に養鶏所の浅原さんなンですか?」

関口「本当だよ！　道新の松下にきいたンだからオレ」

米吉「話し中だ」

銀次「じゃオレが隣の渡辺にきいてみるわ」（ケイタイかける）

関口「きいてみてよきいてみてよ！」

ゴッホ「尾美さん行っちゃったけど大丈夫?」

銀次「――ア、渡辺さん?　中川だけどこないだはどうも。アノさァ、なンか今変な噂が流れてて、――養鶏所の浅原が自殺した――とかしないとか――うン」（表情が変る）

間

銀次「いつ？　三日前!?」
一同。
銀次「うン。——うン。（蒼白な顔で一同うなづく）——判った。ありがとう。（ケイタイ切って）本当だって、三日位前に自殺してたらしいって」
関口「ホラ」
みどり（泣きそうに）「だけど本当に昨夜来たンだもン！　この席に座って、私と話したンだもン！」
ゴッホ「ヤダァ！」
チル「ユーレイだ！」
間
銀次「ねぼけてたンじゃないの？」
ネズミ「つかぬことときくけど、アシはあった？」
間
みどり「ヤダァ——」
間
みどり「関口さん！　浅原さんとこまで送ってって！」

関口　「浅原さんとこ、閉鎖されてるよ」
銀次　「奥さん、渡辺の別宅にいるって」
関口　「了解！」
星川　「そんなバカなこと――冗談じゃありませんよッ河西君！　今日このブナの森で落合おうって四日前、私、約束してるンです！　その時彼そんな素振りもなかったし、――漸く確信がつかめて来たって、自殺どころか張切ってたンですよ！　これで事態を明るみに出せるって！　それが自殺なンて、冗談じゃないよッ」
ゴッホ「ゴメンナサイ、事態って何のこと」
星川　「鳥の大量死の原因ですよ！」
銀次　「鳥インフルが原因じゃないの？」
星川　「ちがいますよ！　私は絶対ちがうと思いますね。鳥インフルは真相をかくす為の誰かさんの情報操作であって」
みどり「チルチルあとお願い！」
星川　(立つ)「ママさん私も行きますよ。もしあいつが本当に死んでたとしたら。――これはママ、絶対ウラがあるよ！　そんなことあり得ないよ！　自殺なンてバカな！」

京子「お勘定！　おつりは結構！」

星川とみどり、河西京子、嵐のように急いで外へ出る。

間

米吉「誰なの今の」

チル「札幌工科大の星川准教授です」

ゴッホ「こゝらの水質のことこゝンとこずっと調べてるのよ」

銀次「あの人か」

米吉「情報操作って何のことよ」

ゴッホ「さァ」

米吉「一緒にいた女性は？」

チル「先生の助手です」

泉「でもねぇ、そんなおかしな話ってあるかい？　死んだ人がノコノコ、コーヒー飲みに来るなンて」

銀次「たのみますよォ、止めてくださいよォ、弱いンですよオレそういう話！」

間

米吉　「だけどとうとう犠牲者が出ちゃったなァ」
銀次　「全くな」
泉　「2羽だからねぇ、チルお塩ちょーだい。たまたまこの時期にたった2羽ニワトリが死んだだけで、鳥インフルエンザと結びつけられて卵の出荷は止められる、おまけに8千羽殺処分」
チル　（突然）「ねぇ、ユーレイにセコムってききますかね」
銀次　「バカ」
泉　「長嶋茂雄にきいてみな」
米吉　「なァ」
銀次　「あ？」
米吉　「さっきあの大学の先生がウラがあるって云ったろう？　これは絶対ウラがあるって。――あれは一体どういう意味だ」
ゴッホ　「あのことじゃないのかな」
米吉　「何だい」
間
ゴッホ　「いつか浅原さん云ってなかった？　今度の野鳥の大量死はバードウイルス

銀次　のせいなンかじゃなくて昔このあたりの山の中にこっそり埋められた不法投棄された農薬のせいだって」
泉　「云ってた云ってた」
銀次　「何、その話」
泉　「そういうことがあったンですよ昔。鬼牛にあった化学薬品の工場からイッパツっていう農薬の廃液がしみ出して問題になったことがあったンですよ」
銀次　「イッパツならきいたことある。公害問題で生産中止になった奴だろ?」
泉　「それですよ。それ作ってた千代田化学って会社が工場閉鎖に追いこまれたンです。その時廃棄されたかなりの量のドラム缶がこゝらの山に埋められたって噂が流れたンですよ」
銀次　「思い出した!　工場の解体を引受けた高山組がこゝらにこっそり不法投棄したっていう噂でしょ」
泉　「あの事件からですよ、うン。高山組は一挙に規模が大きくなって」
銀次　「その後です。高山大悟先生が政界に打って出て成功したのは、うン」
泉　「で、その廃棄されたドラム缶から、長い間に廃液がしみ出してこゝらの地下水を汚染したンじゃないかって。それをさっきの大学の先生がこゝンとこずっと調べてたンだ！」

ゴッホ「実はそのことをね、一月位前浅原さんがブログで公表しちゃったのよ」

泉「ブログで!?」

ゴッホ「だけど1日でそのブログ消されたのね」

チル「何々、それじゃあの野鳥の大量死はバードウイルスのせいなンかじゃないンですか？」

泉「そのブログが1日で消えたっていうのは」

米吉「オイ一寸待てよ」

一同「――」

米吉「そういう話はヤバインじゃないか？」

チル「なんで？」

米吉「高山先生は次期幹事長候補だぜ」

一同「――」

米吉（泉に）「あんたらンとこだって散々世話になってンじゃないの？」

泉「――」

ゴッホ「アラ、一同、急に黙っちゃった」

間

米吉「ごちそうさま。とにかくわし、浅原ンとこ見てくるわ」（立つ）
銀次「ア、渡辺の別宅。俺も行くわ」（立つ）
泉「俺も行こう」（立つ）
ゴッホ「私も行くわ」（立つ）
米吉「ゴッホよぉ、こういう時香典、どうしたらいゝのかね」
ゴッホ「それはまだ早いでしょう」
銀次「でも、いくら位包んだらいゝの」
米吉「わしは3、包むよ」
泉「3は多いでしょう」
銀次「せいぜい1だよね！」
泉「1も多くない？」
ゴッホ「チルチルごちそうさま、つけといて。美味しかった」
米吉「まんちゃん、車？」
泉「あぁジムニーだけど」

米吉「乗っけてって」
泉「いいよ」
ネズミ「風見！　軽トラ置いてくぞ！」（トイレにいる風見に向かって）
チル「ありがとうございました」

一同、外へ去る。
チルチル、後を片づけ始める。
風見純、コーヒーを手にカウンターへ。

チル「あんた初めて見る人ね」
純「――」
チル「田村さんとこで働いてる人？」
純「――あゝ」
チル「なんて名前？」
純「風見っていうンだ。風見純」
チル「風見さんっていうンだ。北海道の人？」
純「いや――東北だ」

間

チル「ねぇ、幽霊って本当にいると思う?」

純「――」

間

チル（ハッとして）「東北ってどこ?」

純「いわきだよ。福島の」

チル「津波にやられて引越して来たってあなたのこと?」

純「あゝ」

チル「――そうなンだ。――大変だったね」

間

チル「家や、御家族は?」

純「みんな死んだよ」

チル「――そうなンだ」

純「俺一人生き残って。でも舟も流されたし、漁師の仕事できなくなったンだ」

チル「――そうなンだ。この豆を、このミルの中に入れて、時計まわりにまわして、軽くなったら教えて下さい」

間

純　「ゆうべは参ったぜ」

チル　「何が？」

純　「あゝいう作業はもう二度とゴメンだな」

チル　「あゝいう作業って？」

純　「魚とるのはいくらでもとるけど——眠ってる鳥を——あゝいうのはたまんねぇ」

間

チル　「水鳥の駆除にかり出されたンだ」

純　「———」

チル　「そうか」

間

純　「喰う為にとるなら仕方ねぇけどよ。——意味なく殺すってのは最悪だぜ」

間

チル　「断りゃよかったのに」

純　「断われねぇよ。――世話になってるしな」
　　グラス洗うチルチル。
チル　「漁師さんだったんだ」
　　ロシア民謡。
チル　「いゝ人、――いるの？」
純　「――いたよ」
チル　「――」
純　「津波で持ってかれちまった」
　　間
チル　「そうか」
純　「――」
チル　「辛いね」
　　間
純　「気だての良い奴だったよ」
チル　「――」
純　「ケツとオッパイがでかくてな」

チル　「――」

純　「みっともねぇな、3年もたつのにまだ忘れられねぇ」

間

チル　「あんたいゝ人ね」

間

純　「早くあっちのこと忘れちまいたいンだ」

チル　「――」

純　「新しいふるさとでも見つけなくちゃな」

間

チル　「こゝも良い所だよ」

純　「――」

チル　「こゝじゃ新しいふるさとにならない？」

純　「海がねぇからな」

チル　「――海か」

純　「――」

チル　「津波にあってもまだ海が好きなの？」

純　「当り前だろ」

チル　「そうか」

純　「──」

　　間

チル　「私まだ海って近くで見たことないンだ」

　　間

純　（急に）「なァ」

チル　「ん？」

純　「さっきから不思議な歌がきこえねぇか」

チル　「──ロシア民謡よ」

純　「その歌じゃなくて──鳥がいっぱいで泣いてるみたいな」

チル　「──」

　　かすかに忍びこむ不思議な歌。

　　間

チル　「きこえないよ」

純　「気のせいかな。

チル　——いや、きこえるぜ」

純　「ねぇ」

チル　「——？」

純　「私もでかいよ」

チル　「——何が」

「ケツとオッパイ」

純、ぼんやりと歌をきいている。

奇妙な歌声、フッと高くなる。

照明変って、

雪が降ってくる。

7 マロ

外から帰ってくるマロ。
暖炉の上の壁に飾ってある白鳥の絵を見つめる。
その耳にきこえてくる奇妙な歌声。

8　愛妻

みどり、奥から出て来る。

みどり「何か判りました？　警察で」

マロ　（首ふる）

みどり「そのうち向うから探しにみえるわ。思い出すまで待ちましょ、あせらないで」

間

マロ「この村には今、何か起ってるンですか」

みどり「――養鶏所を経営してらした方がね、亡くなったの」

間

マロ「ママさんの親しい方だったンですか」

みどり「――私の親代りだった人」

マロ「――」

みどり「亡くなった父の親友でね」

マロ「――」

　　間

マロ「ママさん、この絵はどなたが描かれたンですか？」

みどり「死んだ父の絵よ」

マロ「――」

みどり「それよりマロさん、奥さんのこときかせて」

マロ「――」

みどり「顔ははっきり思い出せるんでしょ？」

マロ「それが――その顔が出てこないンです」

みどり「顔も忘れたの!?」

マロ「肌の感触は――はっきりあるンです。いつも私に――寄り添ってましたから」

みどり「まァごちそうさま！　愛してらっしゃるのね奥さまのこと」

マロ（突如興奮）「当り前でしょう!!　自分の女房を愛してない男がいるならお目にかゝりたいです!!　そりゃあ好きだとか愛してるとか永年一緒にいり

ゃあ口に出すもンじゃないです！　だけど――女房はふるさとです！
どうしたってそこへ戻る場所なンです!!　女房とふるさとは同一のもので
す！　――私の女房はどうしたンでしょう」
みどり「――」
マロ「私のふるさとは一体どこでしょう」
みどり「――」
間
みどり「一杯飲もうかな。飲む？　飲まないね」
みどり、グラスにブランデイをつぎ、飲みかけ――、昨夜浅原の坐
っていた席に向かってグラスを一寸あげる。
みどり（呟く）「飲んでももう誰も止めてくれない」
マロ。
マロ「ママさんの御主人は、こゝにいないンですか？」
みどり「――」
マロ「どこにいるンです」
みどり「どっかで小説書いてるわ」

マロ　「一緒にいなくて、平気なンですか」

間

みどり「止めよ、そういう話」
マロ　「御主人がそばにいなくても、ママさんは平気でいられるンですか!?」
みどり（激しく）「止めてよそういう話！　私したくないの！」
マロ　「――」
みどり「――ゴメンナサイ」

間

みどり「――（首ふって一寸笑う）寂しいからやめよ。アラ。水のタンクが切れかけてるわ。明日は早く起きて水汲みに行かなくちゃ」
マロ　「――」
みどり「うちのコーヒーはね、こゝから林道を一寸上った仙の泉っていう湧き水で淹れてるの。だからとってもおいしいの」
マロ　「――」
みどり「殆ど知られてない湧き水なのよ。亡くなった養鶏所の浅原さんて方が、私が子供のころ教えてくれた――」

マロ　「――」

みどり「ねぇ！　明日の朝水汲み、手伝って下さる?」

マロ　「――ハイ」

M――イン。

照明変って「ブナの森」のセットゆっくり割れる。

9　仙の泉

奥深い森に雪がチラチラ降っている。
霧。
チロチロと湧く泉の音が、大きな岩陰からきこえてくる。
凍結した地べたにすべりながら、みどりとマロが水汲みに来る。
みどり、岩を指し、マロに何か云う。
岩の陰に廻りかけ、足を止める。
やって来る伸子。

みどり「伸子！」
伸子　「みどり！」
　　伸子。――みどりにとびつく。
　　間
みどり「大変だったねお父様のこと。いつ着いたの？　東京から」

仲子　「誰？」
みどり「あの人今うちにいる人。気にしなくて大丈夫だから。それより大丈夫なの？　あんた。お母様についてなくていいの？　何をしてたの、こんな所で」
仲子　（マロを気にしつつ、座る場所を探しながら）「母さんが今星川先生とペンケ沼の方に入ってるの。ちょっといい？」
みどり「ペンケ沼に⁉　星川先生と⁉　だって鉄条網で入れないでしょ！」
仲子　「もぐりこんだわ、助手の人と三人で。話があるの。座って！」
みどり「マロさん、そのポリタンクにそこの湧水から水汲んどいて」
　　マロ、手をあげる。
　　二人、木の切り株に座る。
仲子　「見てほしいものがあるの」
みどり「何？」
　　仲子、ポケットからくしゃくしゃの封書を出す。
　　みどりに差し出す。
仲子　「手紙。父からの。一昨日（おととい）、アパートに届いたの」

みどり「――」

伸子「読んでみて」（差し出す）

　　みどり。

みどり「読んでいいの？」

伸子（うなずく）

　　――読む。

　　間

みどり「いつ書かれたンだろこの手紙」

伸子「消印からすると4日前」

みどり「――」

伸子「警察は死亡推定時刻が、3日前の午后あたりって云って来てるけど。自殺する前日にこんな手紙書くと思う？」

みどり「――」

伸子「自殺する人が〝負けない〟って書く？」

みどり「あんた自殺を疑ってるの？」

伸子「自信はないけど、うちの父さんは自殺なンて弱いことする人じゃないわ！」

みどり「――――」

仲子「こゝに書かれている切り札って、何のことだとみどり思う？　〝切り札を切る〟って、書いてあるでしょ？」

みどり（首ふる）「仲子この言葉に何か心当たりあるの？」

仲子「母さんが昨夜やっと思い出したンだけど、仏壇の中に父さんがしまってた〝立花メモ〟っていうノートがあるのよ」

みどり「立花メモ？」

仲子「おたくのおじさまが亡くなる前に父に託した黄色いノート。それが父の云う切り札じゃないかって思うのよ」

みどり「私の父が書いたノートなの？」

仲子（うなずいて）「前に気になって聞いたことあるの父に。そしたらお前は知らない方がいゝって」

みどり「――――」

仲子「母の話だと、細かいことは知らないけどペンケ沼のダム工事のいきさつを、おじさまがつけてたノートらしいの」

みどり「ペンケ沼のダム？」

仲子　「ホラ、あったじゃない？　昔、ペンケ沼をダムにするって、工事が始まったのに急に途中で中止になった」

みどり「うン」

仲子　「あの頃、父も、おたくのおじさまも高山組の役員をしていて、あの中止の後、二人とも辞めたでしょ」

みどり「仲子、その話、つい最近したわ」

仲子　「誰と？」

みどり「おたくのおじさまと」

仲子　「いつ」

みどり「一昨日の晩」

仲子　「一昨日？」

みどり（うなずく）

仲子　「だって」

みどり「信じてもらえないかもしれないけど、一昨日の晩おじさま店に見えたのよ！」

間

伸子　「じゃあそのときはまだ死んでなかったっていうこと?」
みどり「いや、亡くなってたらしいのよ。でも（お店に）みえたの！　来てくれたの！」

間

伸子、手紙を内ポケットにしまう。

伸子　「父さん、何をみどりに話したの?」
みどり「ペンケ沼の話」
伸子　「――――」
みどり「昔四人でよく行った頃のこと。なつかしそうに――――」
伸子　「ねぇ。ここに書かれてる〝切り札〟って言葉、――――その立花メモのことだって思はない?」
みどり「伸子そのノートの中身見たの?」
伸子　「中身までは見てない」
みどり「――――どこにあるの、今そのノート」
伸子　「それがね、みどり！　星川先生にその話したら、先生昨夜、立入禁止のうちに夜中にひとりでもぐりこんで仏壇の抽斗しから探し出して来たらしいのよ！」

みどり「そのノートを⁉」

伸子「それで今朝早く電話があってこれからすぐペンケ沼に入りたいって。

それで母がさっき案内して入ったの」

みどり「じゃあそのノート、星川先生の手元にあるの？」

マロ、声をかけてくる。

マロ「ママさん」

みどり「マロさん、ごめんなさい。――アラ。それ何？」

マロ「マガモの死体です」

みどり「駄目よ触っちゃ！　病気が染るわ」

マロ「この子は撃たれて死んでるンです。可哀想です。埋めてお墓を建ててやります」

みどり「気持は判るけど。

一々墓建ててたらキリがないわ。ペンケ沼の方には殺された水鳥が山程いるって」

マロ（見る）

みどり「土を掘ってそこらに埋めたそうよ。でもまだ半分以上そのままだって」
マロ「――墓もこさえてやらずにですか」
みどり「そんなこと誰も考える余裕ないわ。処分して埋めるので精いっぱいだった
って。――あら、まだ水汲んでくれてなかったの？」
マロ「ママさん、あの店のコーヒーはずっとその水を使ってるンですか」
みどり「そうよ。この湧水でいれるとコーヒーの味が」
マロ「お止めなさい」
みどり「エ？」
マロ「少し――危ない気がします」
みどり「大丈夫よ、この水は」
マロ「お止めなさい」
みどり「マロさん――！」
マロ「それより、本当にペンケ沼の方では、殺された鳥たちが放置されてるンで
すか」

間

みどり「――えゝ」

みどり「マロさん」

マロ「――」

みどり「本当にこの水も、危ないと思う？」

マロ「判りませんが。――止めた方が良いです」

みどり「――」

浅原の未亡人・雪子の声がする。

雪子「みどりちゃん！」

みどり「おばさん！」

星川「ママさん！」

みどり（伸子に）「伸子！　星川先生！」

研究器材を担いで現われる星川准教授。

星川（興奮）「大体の場所が判りましたよ！　立花メモにあった埋戻しの場所が！　ペンケ沼のダム工事の跡に、浅原さんがつけたらしい目印のあるブナの木を見つけました！　問題の場所はそこだと思います。今、そこらの水のサンプルを採りましたから、札幌に帰ってすぐ分析します」

伸子「――」

星川　「浅原さんのカタキ、私、とりますよ！」
河西京子と雪子、雪まみれで現われる。
いきなり何発か発砲の音。
キューンという鹿の悲鳴。
セットゆっくり「ブナの森」に戻る。
ロシア民謡忍びこむ。

10　噂

マロの横顔をスケッチブックに写生しているゴッホ。
女の客が三人。

女1「何ですか今の音」
銀次「鹿だよ。山から下りて来た鹿の群を猟友会の連中が撃ってるンだ」
女2「だって今は禁猟の時期でしょう?」
銀次「害獣駆除だよ。ペンケ沼の方から下りて来た鹿はウイルス持ってるかもしれないからな」
マロ（ポツンと）「私のツレたちは――死んでしまったンでしょうか」
ゴッホ（描きつつ）「死んだらどっかに死体があるでしょ。死体も出てないんだからどっかで生きてるよ」
マロ「――」
ゴッホ「それよりあなた体大丈夫なの?　顔に全然精気がないわよ」

マロ　「――」
ゴッホ「どっか体悪いンじゃないの？」
マロ　「私の命はもう永くないンです」
　　　間
ゴッホ「お医者さんに云はれたの？」
マロ　「命のことぐらい自分で判ります」
　　　チャイム。
チル　「いらっしゃい！　アラ、リンさん」
銀次　「おうゼツリン！」
　　　黒服に黒ネクタイの山田麟介。
　　　悄然と入ってカウンターに坐る。
みどり（入る）「あら、リンさんお久しぶり！」
銀次　「浅原ンとこお詣りに行って来たのかい」
リン　（涙で）「世の中最近狂ってますよ！　どうしてあんな好い人が自殺しなく
　　　ちゃいけねぇンですか！　（みどりに渡す）ハチミツ！」
銀次　「まァまァ世の中ってのはこういうもンだ。ママ、ゼツリンにコーヒーね」

リン「浅原さんのマイカップで下さい」
みどり「判った」
銀次「蜜蜂、持ってきたのかい」
リン「持ってきたけどこのあたりは一体どうなってるンです」
銀次「そうなンだよ。何故かこのあたりだけ春にならねぇンだ」
みどり「浅原さんのいつもの家借りたの？」
リン「借りるも何も立入禁止で。今若い奴らが手分けして道央の方を廻ってますよ」
銀次「あっちはもう木の芽が少しぁ出始めてるかい」
リン「木の芽どころじゃない。コブシの花が咲いてますよ」
銀次「本当かい！」
リン「札幌近郊なンてアカシアの花が咲き出してる」
チル「本当に変ですよねぇこゝらだけ」
リン「世の中絶対狂ってますよ！」
みどり「奥さんはお元気なの？」
リン「ハイ、オカゲさんで。――それがすねぇカカァ又腹が大きくなっちまって」

地震。すぐおさまる。

みどり「大きくって、――子供!?」

銀次「又子供!?　又作ったの!?」

リン「作ったつもりはなくできちゃったンで」

銀次「今度はどっち」

リン「それが又しても女らしいン」

ゴッホ「男が強いと女が生まれるって云うよねぇ」

リン「何しろ家が狭いもンスから川の字になってぎゅうづめでねてるでしょ?　電話がかみさんの向う側にあるから電話とる度にかみさんまたぐことになるじゃないスか。そうすると出来ちゃうン。本当にあいつ、すぐ出来るンだ」

チル「また奥さんのせいにしてぇ!」

みどり「何人目になるの?」

リン「それがさァ、――ママさん。10人目の筈なンだけど医者が双子だって云いやがってさァ」

みどり「双子⁉」
リン「全く医者の奴何考えてンだか。だから合計すると11人ってことに」
銀次「双子⁉」
リン「ハイ」
みどり「それで今度は男の子も」
リン「それが両方ともまた女みたいなン」
銀次「スゴイネェ！」
ゴッホ「子供手当てで稼ごうって気ネ?」
リン「子供手当てなンてもう要りませんよ！」
銀次「いくら何でも作りすぎだよ！」
関口（入る）「ウウ寒い寒い！　ママー、これいつもの買い物」
みどり「あ、どうもありがとう。昨日ので足りた?」
関口「足りた足りた」
リン「どうも」
関口「オ！　リンさん！」
リン「お久しぶりです」

関口　「又子供増えた？」
銀次　「増えるンだってよそれが本当に！」
関口　「エ!!?　マジ!?」
チル　「今度は双子ですって」
関口　「ローヤルゼリーの飲みすぎだよあんた！」
みどり「本当。いゝかげんにしないと死んじゃうわよ奥さん」
関口　（ゴッホに何か耳打ち）

チルチルが近づくので急に黙る。

みどり「いらっしゃい」

田村米吉が入る。

米吉　「どうなってンだこのシバレは」
関口　（呼ぶ）「ヨネさん！」
リン　「こんちは！」
米吉　「オッ、ゼツリン！」
リン　「ご無沙汰してます！」
米吉　「子供又こさえたンじゃねぇだろな」

リン　「できました」
米吉　「えっ！」
リン　「二人」
米吉　「二人⁉」
リン　「間もなく出て来ます」
銀次　「双子なンだって」
米吉　「なにッ⁉」
銀次　「全部合はせて11人だって！」
米吉　「今度は一人位男の子なんだろうな」
みどり「それが又女の子なンだって二人とも」
米吉　（関口に）「どうした」
　　関口、ゴッホ、米吉、かたまって密談。
関口　（小声で）「ゆうべ1時頃客に呼ばれて、山の下のモーテルに迎車で行ったンだよ！　そしたらアベックがモーテルの入口で、雪に車つっこんで二人で必死に出そうとしてンだ。手伝ってやろうかって車出かけたらよ。それが」

みどり（近づいて）「どうしたの」
関口「女はチルチル。男はあんたとこの——福島から来た若い奴」
米吉「風見!?」
みどり「それがどうしたの!!」
米吉「モーテルに入ろうとしてたンだよ！」
関口「入ろうじゃなくて出てきてつっこんだンだよ!!」
米吉「終了後!?」
関口「そう終了後!!」
チル（来る）「どうしたンですか」
一同「何でもない何でもない！」
みどり「信じられない！」（奥へ）
銀次（突如）「本当だよ！」
リン「ユーレイ!?　浅原さんのユーレイがここに!?　ウソ!!」
銀次「ママが知らないでしばらく話してたらしいンだよ！」
リン「ウソ！」
ゴッホ「今でも時々来るのよこゝに。ねぇ！」

銀次　「エ？　あの後も!?」
女1　「この店、ユーレイが出るンですか!?」
ゴッホ「出ますよ」
女2　「ウソでしょ！」
ゴッホ「うそじゃありませんよ」
女2　「毎晩？」
ゴッホ「夜だけじゃなくて昼間も時々フラッと来るわよ。こないだも。ねぇ」
米吉　「エ？　――ああ！　木曜の午後な！　来た！」
関口　「そうそう、俺も一緒にコーヒー飲んだ」
銀次　「いつ！　初めてきいたオレ」
米吉　「中川さんも一緒にいたじゃない」
銀次　「俺？　――あ、そうそう、木曜な！」
リン　「本当スカ！」
女2　「ウソでしょ！」
関口　「ホントホント。浅原ってずっとこゝの常連でつい3、4日前自殺した」
ゴッホ「死んでもこゝのコーヒーの味が忘れられないンじゃないのかしら？」

チル　（突如）「アラいらっしゃい浅原さん！」

　一同、凍りつく。

　チルチル、浅原が入って来た如く視線を移動させて。

チル　「どうぞ、いつものこちらの席に。

　（銀次に）あ、いゝ？　そこ浅原さんのいつもの席だから。ゴメンナサイ。

　どうぞ！」

　銀次、気がついて。

銀次　「ア、ア、ア、どうぞどうぞ！　オレ、ズレる」

　間

チル　「いつものコーヒーで良いですね。――――ハイ」

　リン、椅子からストンと腰を抜かす。

マロ　（突如）「ア、コート、こちらでおあずかりしましょう」

　一同、ギョッとマロを見る。

　マロ、コートを受けとり、悠然と洋服かけにかける。

女1　（マロに）「本当なンですか！」

女2　「今いるンですか？」

女3　「どこに!!」
マロ　「ソチラに」

間

ゴッホ「お元気だった?」

間

ゴッホ「よかった!」
関口・米吉「よかった!」

間

銀次　「そちら――いかゞですか」

間

全員　「ハァ――」
米吉　「タバコ吸います?　ア、止めた!?　体に悪いですもンね」
全員　「うン、悪い悪い」

間

ゴッホ「やっぱりそちらの世界も全面禁煙?」
みどり（出る）「いゝかげんにして下さいなあなたたち!」

ネズミ（入る）「社長！」
米吉　「どうした」
ネズミ「風見の純が出てっちゃった。会社もう辞めるって」
米吉　「なにィ!?」
ネズミ「水鳥殺すみたいな、あゝいう仕事させられるのはもうイヤだって！」
米吉　「あの野郎、恩義も知らねぇで！　全く近頃の若い奴と来たら」
関口　（チラとチルチルを見て）「野郎、喰い逃げしやがったな」
ネズミ「く、くい逃げって？」

チルチル、バッと奥へ走り去る。

リン　（まだユーレイに）「浅原さーん！　どうして僕に断りもせず」
銀次　「喰い逃げって何のこと」
米吉　「いやね、チルと風見がいつのまにか出来てたらしいンだ」
銀次　「エ？」
米吉　「山の下のモーテルで車ハメちゃってこいつに目撃されちゃったンだって」
みどり「止めてよ！」
リン　（浅原に）「後のことはもう心配しないで下さい！　奥さん助けて私せいぜ

いがんばりますから！　処分されたトリの後始末なンかも」

みどり「リンさん」

リン　「え？」

みどり「誰に向かってしゃべってるの。浅原さんなンていないわよ」

リン　「エ？」

11　幻聴

薄暗くなっている

スケッチをしているゴッホ。

片づけに入っているチルチル。

電話が鳴って、みどり出ていく。

ゴッホ「ダメだよチルチル、男に逃げられた位でそんなに派手に落込まないの」

チル「――」

ゴッホ「あんただって適当に楽しんだんでしょ」

チル「――」

ゴッホ「いつからだったの」

チル「――」

ゴッホ「どっちから誘ったの」

間

チル　「私そんなに落込んでませんよ」
ゴッホ「そうかい？」
チル　「元々それほど本気じゃなかったもン」
ゴッホ「アラ」
チル　「――」
ゴッホ「本気じゃなくてもモーテル行っちゃうの」
チル　「急に可哀想になっちゃったンだもン」
ゴッホ「可哀想だとあんた体をあげちゃうの」
チル　「だって――」

みどり、何かを探しに戻ってくる。
話題を変えるチルとゴッホ。
みどり、出ていく。

チル　「だって本当に可哀想だったンだもン。だから私にできること、やってあげたいじゃない」
ゴッホ「――」
チル　「被災地ボランティアにも行ってなかったし」

ゴッホ「ア、ボランティアのつもりで寝てあげたンだ」
チル「違いますよ！」
みどり、戻ってくる。
話題を変えるチルとゴッホ。
みどり、出ていく。
チル「違いますよ！　私に何ができるかなァって思って、それで、アケミさんになってあげたのよ」
ゴッホ「アケミさんって？」
チル「津波に流された、彼のいい人よ」
ゴッホ「アケミさんになったってどういうことよ」
みどり、戻ってくる。
話題を変えるチルとゴッホ。
みどり、出ていく。
チル「私のことアケミって呼んでいいかって言うから。うン、いいよって」
ゴッホ「――」
チル「チルチルを捨ててアケミになっちゃったのよ」

ゴッホ「あんた自分のことアケミって呼ばしたの？」
チル　「はい」
ゴッホ「ずっと？」
チル　「はい」
ゴッホ「最中も？」
チル　「最中――」

　　　　みどり、何かを探しに戻ってくる。
　　　　話題を変えるチルとゴッホ。
　　　　みどり、出ていく。

チル　「最中なんかもうあの人泣きながら連呼よ。アケミー！　アケミー！　アケミー！　アケミー！　って」
ゴッホ「――それであんたどうしたの」
チル　「ハイハイハイハイハイッて」
ゴッホ「――」
チル　「彼、アケミさんのこと忘れられないんですよ」
みどり（戻って来て）「あんたってバカだけどいゝ女ねぇ」

ゴッホ「いい女だけど相当バカね」
チル「でも彼本当に参ってるのよ。頭が一寸おかしくなってるっていうか。津波の音がきこえないかって云ったり、あゝ又あの歌がきこえてくるっていったり」
ゴッホ「歌って？」
チル「水鳥の歌声がずっと耳元できこえてるっていうのよ。ペンケ沼で殺した水鳥たちの歌が。眠っててもずっときこえるンだって。彼ものすごくナチーブなのよ」
みどり「ナイーブ」
チル「そう、ナイーブ」
チャイムの音がしてマロが入る。
みどり「お帰んなさい」
マロ「すみません、おそくなって」
みどり「何か手がかりありました？」
マロ「いいえ」
みどり「今日はどっちの方行ってらしたの？」

マロ　「ペンケ沼の方に」

みどり（びっくりして）「駄目よあっちは！　立入禁止の鉄条網のところへ行ったの？」

マロ　「ハイ。ママさん、あの沼は昔と変りましたか？」

みどり「昔って？」

マロ　「ずっと昔です」

みどり「あなた、昔のあの沼を知ってるの？」

マロ　「判りません。だけど――何となく記憶がある気がするンです」

みどり「記憶って、どういう」

　　間

　　マロ――考える。

マロ　「あの沼の底には今、――何か変なものが埋っていますか？」

みどり「――」

　　みどりとゴッホ、ゆっくり顔を見合はせる。

　　音楽――イン。

12　脅迫（ペンケ沼）

鉄条網。
フラッシュ。
写真を撮っている女の姿。
その姿が強烈なライトに浮かび上がる。
女は河西京子。
影のように立っている男。

男　「何撮ってるのお嬢さん」
京子　「スミマセン。――景色を」
男　（笑う）「こんな時間に景色を撮るのかよ」
京子　「スミマセン」
男　「鉄条網を撮って何が面白いの」
京子　「イエ――」

別の男の影が近づく。

別方向から京子に照らされるライト。

男　「あんたこの前からこゝらにもぐりこんでコソコソ変なことしてるらしいが、こゝは今立入禁止区域なンだぜ」

京子　「スミマセン」

男　「それはあんたの大学の、星川先生の指図かい」

京子　「――」

間

別の方向からまた他のライト。さらに複数の男の影。

男　「バードウイルスを追っているらしいが渡り鳥のウイルスとここらの景色と何の関係があるンかね」

京子　「イエアノ」

男、低く笑う。

京子　「――」

間

男　「ウイルスの研究なら研究室でやりな。こんな山奥でこんな時間に、女が一人でいちゃ危険だよお嬢さん」
京子「ハイ」
男「札幌に帰って早くおネンネするンだな」
京子「ハイ」
男「星川先生にもそう云っときな」
京子「ハイ」

男たちの低い笑い声。

ライト消される。

音楽――。

13 時の移ろい

窓の外に時が経過する。
ブナの森の常連客と、みどりたちとの日常。
それらは駒落しの映像を見るように、窓外の時間、天候と共にあわただしく変化する。

14　疑惑

　　スケッチをしているゴッホ。
　　暖炉の前で横になって眠っているゼツリン。
　　米吉、窓の外を見ながら。

米吉　「今日は？　あのじいさんは？」
みどり「裏でソダ拾いしてくれてるの」
米吉　「切り株に帽子忘れてるぜ。あ、リス！　帽子の上にリスのっちゃったよ。
　　あ、行っちゃった！（席に戻りながら）あのじいさん、結局何となく居坐
　　っちまったな」
みどり「だけど、こっちも助かってるの。外の仕事を色々やってくれるから」
米吉　「相変らず身元、判らんまゝか」
みどり「そう」
銀次　（入る）「おはよう。――誰？」

みどり「リンさんよ」
銀次「また遭難者かと思ったぜ」
みどり「寝かしといてあげて。浅原さんとこの処分されたニワトリ、大きな穴掘って埋めてるンだって」
銀次「へー」
みどり「ずっと一人で重機動かして。毎晩眠ないで一人でやってるンだって」
銀次「えらいねー」
米吉「なァ」
みどり「エ?」
米吉「警察あのまゝ放ったらかしかい」
みどり「何の話?」
米吉「あのじいさんよ」
みどり「ア、家出人捜索願い、出てないかどうか調べてもらったんだけどそういう該当者も出ないらしいわ」
銀次「その後全然記憶は戻らないの?」
みどり「ダメね」

ゴッホ（描きつゝ）「あの人の云ってること本当なのかなァ」

一同、ゴッホを見る。

チル「どういう意味ですか？」

ゴッホ「本当は全て正常なのに記憶喪失のフリしてるンじゃないのかなァってふっと」

米吉「フリ!?」

銀次「何でよ、ゴッホさん！」

ゴッホ「カンだよ」

みどり「どうしてそんなことする必要があるの！」

ゴッホ（コーヒーを飲む。みどりに）「こないだあの人妙なこと云っただろ？」

銀次「何を」

ゴッホ「ペンケ沼の底に何か変なものが埋ってるンじゃないかって」

一同。

ゴッホ「それにあすこら変ってないかって、何だか土地勘のあるような口ぶりだったよね」

銀次「そんなこと言ったの？」

ゴッホ「あの人記憶喪失になったふりして、何かこゝらを調べる目的で来たんじゃ
　　ないのかな」

　　　　間

米吉　（見つめて）「それ本当かゴッホ！」
ゴッホ「カンだよ。私の」
チル「オカマのカンって当りますものねぇ」
ゴッホ「チルチルッ」
チル「ハイ」
ゴッホ「あなた礼儀をわきまえなさい!?　オカマって言葉は差別用語だよッ」
チル「アラ、ゴメンナサイ。何て云えば良いンですか」
ゴッホ「ゲイって言いなさい」
チル「ハイ。──ゲイの方のカンって当りますものねぇ」
銀次　（笑う）
米吉「なァ」
銀次「うン?」

　　　　間

米吉「人には云うなよ」
みどり「どうしたンですか」
ゴッホ「私口軽いよ」
米吉「じゃ、云はない」
ゴッホ「でもききたい」

間

米吉「こないだ役場に札幌ナンバーの公用車が来てな。りゅうとした身なりの紳士が二人、町長としばらく密談してったらしいンだ」
銀次「それで?」
米吉「その後しばらくして警察の署長が呼ばれてさ、最近ペンケ沼に入った奴いないか。立入禁止区域のあすこらの警備はちゃんと徹底しているかって、えらいしつこく念を押されたってンだ」
銀次「バードウイルスの問題でか」
米吉「勿論そのことなんだけど、その時ついでに聞かれたのがさ」

間

米吉「云うなよ」

ゴッホ「云うなって云うならしゃべらないでよ。そう云はれたらしゃべりたくなるじゃない！」

間

米吉「じゃ云はない」

ゴッホ「じゃしゃべらない」

間

米吉「近頃──」

ゴッホ「ママも口軽いよ」

みどり「うン、軽い」

チル「御意」

米吉「近頃────」

銀次「俺も口軽いよ」

チル「御意」

米吉「近頃こゝらに普段見かけない不審な人物が現われてないかってきかれたそうなンだ。それでわしンとこに問合はせがあってさ」

銀次「不審な人物」

米吉「あゝ。それでわしつい、不審かどうか判らないけど、少し前からこういう人物がブナの森に居ついてますって、じいさんのことをしゃべっちゃったンだ」

一同。

米吉「そしたら直接町長に呼ばれてさ、それこそ根ほり葉ほりじいさんのことを聞くンだ」

銀次「どんなことを」

米吉「いつ来たのかとか。記憶喪失は本当なのかとか。来た時の所持品とか服装とか。自殺した浅原との関係とか」

みどり「浅原さんとの!?」

銀次「どうして浅原と関係があるンだ」

チル「何故々々」

米吉（首ふる）「判らねぇ」

間

ゴッホ「やっぱりね」

一同。

米吉　「何がやっぱりだ」
ゴッホ「――――」
米吉　「何だよォゴッホ」
ゴッホ「おしゃべりだからなァあんた」
米吉　「わし口堅いよォ。〝静かなる米吉〟って呼ばれてるくらいだから」
ゴッホ「ウソばっか。人にしゃべるなしゃべるなってさっきからペラペラしゃべってるじゃない」
チル　「しゃべってます」
銀次　「御意」
米吉　「御意」
チル　「――――」
米吉　「自分でも時々イヤになるンだこの性格」

間

チル　「田村さんて本当はいゝ人なんですね」
米吉　「ホントはってお前！」
みどり「それで？」

ゴッホ「私の推理を話すとね。推理よあくまで」
米吉「判ってるよ」
ゴッホ「何か巨大な政治の影が、今この村で動いてる感じがするわね」
一同。
銀次「何だよ一体、政治の影って」
ゴッホ「バードウイルスももしかしたらこれ、何かをかくす為のカモフラージュじゃないの？」
米吉「何かって何だよ！」
ゴッホ「30年前にあったっていう農薬のドラム缶の不法投棄だよ。そこから毒が浸み出してるって話だよ。ホラ星川准教授がいつか云ってた。それよ。野鳥の大量死はそれが原因よ。つまり元凶は高山大悟」
米吉「――――」
間
ゴッホ「それをかぎつけた高山の政敵が高山つぶしの為に動き出してンだよ」
米吉「オイ、ゴッホお前な」
ゴッホ「いや！」

米吉　「――」
ゴッホ「もしかしたら直接動き出してるのは――環境団体かもしれないね。
　グリーンピースとか、シー・シェパードとか」
銀次　「じゃあ、じゃあ！　あのマロっていうじいさんはグリーンピースの人間だ
　ってこと？　またまたぁー」
米吉　「記憶喪失はそのかくれみのだっていうのかい！」
ゴッホ「推理だけどね」
みどり（突然）「私一寸一つね、最近気になってることがあるのよ」
ゴッホ「何」

リン、轟然とイビキをかき始める。

米吉　「何のこと？」
みどり「カバンのことなのよ」
ゴッホ「カバン？」
みどり「トランク。マロさんが大事に抱えて来た。鍵の開け方思い出せないってど
　うしてもふたが開かないのよ。ところがそれがね、最近一寸におう気がす
　るのよ」

銀次　「におう？」
みどり「あん中何が入ってるのかしら」
　　間
米吉　「におうってどんな？」
みどり「なんていうか、物がくさったみたいな」
　　間
ゴッホ「なにか食べ物が入ってるンじゃないの？」
銀次　「カボチャとかメロンとか？」
米吉　「食い忘れの弁当かもしれねぇな」
　　いつのまにかチルチルそばに来ていて。
チル　「私、なンならこっそり開けますよ」
銀次　「開かないンだろ？」
チル　「ピッキング私、できますから」
一同　「ピッキング!?」
チル　「昔、ゾクにいたカレシから教育されて」
みどり「チルチル！」

チル　「やってませんよ最近は！」

間

銀次　「かくれた技術者っているもンなンだねぇ！」
米吉　「でもそれ、出来るならやってみる価値は」
みどり「止めましょもうこんな話！　ごめんなさい私が変なこと云い出して。マロさんはそんな人じゃありません。人を疑うのはもう止めましょッ」
ゴッホ「詐欺師か善人か。解剖してみないと人は判らないよ」

チャイム。

女1　（明るく入る）「スミマセーン。車ハメちゃったの、誰方かすまないけど手伝ってくれません？」
銀次　（立って）「幽霊の奴、又車引っぱったな？」
女1　（その言葉にドキッと振り返って）「――――」

音楽――

15　トランク

閉店後。

片づけしているみどりとチルチル。

みどり「マロさん遅いわね、こゝンとこ毎日」

チル　「はい」

みどり「どこ行ってンのかしらもう日が暮れるのに」

チル　「ペンケ沼の方じゃないかしら」

みどり「あっちの方にまだ行ってるの⁉」

チル　「判ンないけどそんな気がします」

みどり「本当⁉」

間

みどり「ねぇ」

チル　「はい？」

間

みどり「あんた本当にピッキング出来るの?」

チル「出来ますよ」

間

みどり「鍵がなくても、鍵開けられるの?」

チル「ま、大体」

間

みどり「あのトランクの鍵も、――開けられると思う?」

チル「多分」

みどり「――」

チル「気になるンだったらやってみます?」

みどり「――」

間

チル「針金、細いの、ありましたかね」

みどり「――針金なら奥の、工具箱にあるけど」

チルチル、奥へ。

みどり「一寸待って！　私まだやれなンて」

チル　（奥から）「大丈夫ですよ。開けたって別に、中の物盗むわけじゃないンですから」

　みどり。

　――。

　ドアの鍵を閉め、外を見廻して窓のカーテンを閉める。

　そわそわ動き廻り、ラジオをつける。

DJの声「一つの地方だけ春が来ない――この不思議な気象現象は、渡島半島の、しかもこの音別地方に限られている、ってことなンですけど、これ実際どう思われます？　不思議ですよね」

　戻ってくるチルチル。

　間

みどり「開いたの？」

チル　（うなづく）

みどり「――何が、入ってたの？」

チル「半分腐った、――白鳥の死骸が」

みどり「白鳥の死骸!?」
チル　（うなづく）

　　　間

　　　みどり、奥へとびこむ。
　　　――しばらく。
　　　みどり蒼白で戻って来る。

みどり（震えて）「チルチル――このこと、――人に云っちゃダメよ！」
チル　（――うなずく）
みどり「絶対よ。マロさんにも」
チル　（うなずく。かすれて）「あの人――やっぱり――グリンピンチの」
みどり「判らないわまだ。
　　　とにかく――。
　　　トランクの中見たこと、――絶対内緒！」
チル　「――」
みどり「いゝわね!?」
チル　「――」（うなづく）

みどり「あんた口堅い？」
チル　「ママは？」
みどり「――」

照明変って、セット、ゆっくり割れる。

16 ペンケ沼

月光。
鉄条網に囲まれた水辺で、マロが水鳥たちの墓を作っている。
その耳に忍びこむ例の水鳥の悲しい歌声。
雪が降り出しその中で「ブナの森」のセットがゆっくり戻る。

17　白鳥（ブナの森）

チャイムの音がしてマロが帰ってくる。
カウンターで一人、ブランデイを飲んでいるみどり。

マロ　「遅くなりましてスミマセン」
みどり「――――」
　　マロ、暖炉の火をいじりに。
みどり「マロさん」
マロ　「？」
みどり「何か少し思い出した？」
マロ　「いえ」
みどり「――――」
マロ　「スミマセン」
みどり「――――」

みどり、又新しい酒を注ぐ。

間

みどり「私サ、――昨夜急にフッと思い出したの」

マロ「――」

みどり「こゝに来た晩、うわ言みたいにあなた変なこと云ったのおぼえてない？」

マロ「――何て云いました」

みどり（強く）「おぼえてないですか!?」

間

マロ「おぼえていません」

みどり「――」

マロ「何て云いました」

みどり「北天なんとかの冬の灯を求めよ」

マロ「――」

みどり「天の川を――つっ切って進め」

マロ「――」

みどり「なンとかを背に見て――オリオン――だったかな」

マロ　「――」
みどり「これ、どういう意味？」
　　間
マロ　「判りません」
みどり「本当に？」
マロ　「本当です」
みどり「――」
マロ　「スミマセン」
みどり「――」
　　みどり、ブランデイを又グイとあおる。
みどり「あなた私に何かかくしてる？」
マロ　「――」（見る）
みどり「――」（見返す）
　　間
マロ　「何のことですか」
　　間

みどり「あなたペンケ沼に昔来たことあるンでしょう?」

間

マロ　「判りません」
みどり「いつ来た?」
マロ　「――」
みどり「あなた本当に記憶喪失なの!?」
マロ　「――ハ?」
みどり「とぼけないでください!」

間

みどり「ペンケ沼のことはいつから知ってたの」
マロ　「つい、――何日か前です」
みどり「――」
マロ　「あそこに入ったのは三日前が初めてです」
みどり「あそこは今立入禁止の鉄条網が張ってある筈よ!」
マロ　「――破って入りました」
みどり「――!!」

マロ　「――」
みどり「うわぁー何でそんなこと――。町の人に見つかったら――」
マロ　「――スミマセン」

　　間

みどり「あなた一体、何調べてるの？」
マロ　「調べてる？」
みどり「調べてるンでしょ、鳥の死骸を」
マロ　「いえ。私は――只――鳥がいっぱい殺されてて――雪の中で凍って
　　可哀想だから――お墓を作ってやってただけです」
みどり「――」
マロ　「お墓を作り始めたのは、昨日からです」

　　間

みどり「じゃあ、あなたのトランクの中にある、あのハクチョウの死骸は何？」
マロ　「――ハ？」
みどり「あのトランクはあなたが来た夜から、ずっとあなたがはなさなかったもの
　　よ」

マロ　「――」

みどり「どうしてあなたあんな腐ったものを、後生大事にトランクにかくしてたの？」

マロ　「――」

みどり「あなたハクチョウの死骸を調べてるの？」

マロ　「――」

みどり「あなた本当はどういう人なの!?」

マロ　「――」

長い間

マロ　「ハクチョウの死骸って何のことです」

みどり「――」

マロ　「私にはさっぱり判りません」

みどり「――」

間

マロ　「ペンケ沼には行きましたけど、あすこからは何も持ってきてません」

みどり「――」

マロ　「トランクは最初から持ってきたもので――開かないからそのまゝずっと
　　部屋に――」
みどり「――」
マロ　「ですから何がトランクの中に――」
みどり「じゃあ見てきてよ！　今トランクのふたすぐに開くから！」
　マロ。
――怖えたように奥の部屋へ。
みどり、又グラスをグイとあおる。
みどり、頭を抱え、フッと目をあげる。
扉が音もなくスッと開き、浅原の亡霊、影のように入ってくる。
みどり、目をそらし、又グラスをあおる。
浅原、みどりを全く見ずに、いつものカウンターの奥の席に坐る。
みどり。
――恐る恐る浅原を見る。
魂切るようなマロの悲鳴。
ガチガチ震えつゝ出てくるマロ。

みどり、必死にグラスをあおる。

みどり「見たでしょ」

マロ「――」

みどり「たしかにあったでしょ？」

間

マロ「ハイ。でも私は――本当に――何のおぼえもなくて」

みどり「云い訳けは止して！」

マロ「云い訳けじゃありません！　本当に自分で、何もおぼえてないンです！　本当です！　ママさん！　信じて下さい！」

みどり「悲しいわ」

マロ「――」

間

みどり「私はあなたのこと一生懸命、親身になって心配してたつもりなのに」

マロ「――」

みどり「マロさん、あなたね――」

マロ「――」

みどり「こゝには色んなこと云う人がいるのよ」
マロ「――」
みどり「善意の人ばかりとは限らないわ」
マロ「――ママさん私は――ママさんに何か御迷惑かけているンでしょうか」
みどり「――」
マロ「私がこゝにいると――ママさんは困りますか？」
みどり「どうしてそういう云い方をするの！」
マロ「ゴメンナサイ」
みどり「――」
マロ「私、本当に何も思い出せなくて――」
みどり「――」
マロ「どうしてハクチョウがトランクにいるのか。あのハクチョウは――」
みどり「――」
マロ「エ？」
みどり「とにかくあんなもん人に見られたら何疑われるか判ンないわ。どっか森ン中にすぐ埋めてきて！」

マロ「――ハイ」
みどり「急いで！」
マロ「ハイ！」（奥へ）
みどり「ここは飲食店なのよ！　ウイルスが入ったらどうするの！」
マロ「――」
みどり「雪をどけて、土の奥深くまできちんと埋めて！　きこえた？」
マロ「――」
みどり「それから――終ったらしっかり手を洗うのよ！　絶対誰にも見つからないように」

突然奥から呻くような嗚咽の声が洩れてくる。

それは、悲痛に延々と続く。

みどり、又グイと飲み、ふり払うようにパッと立つ。

カウンターに入ってミルにコーヒー豆を入れる。

浅原の前にスッとさし出す。

みどり「おじさま」
浅原「――」

みどり「久しぶりにコーヒー飲んでって」
浅原「――」
みどり「おじさまのマイカップもそのまゝあるのよ」
間
みどり「おじさま、私に言いたいことあるンでしょ」
間
みどり「言ってくれません？」
長い間
みどり「いつから私、こんなに簡単に――人を疑うようになっちゃったのかしら」（溜息）
照明変り、「ブナの森」のセット、ゆっくりと半分割れる。

18　森の中

マロが黙々と穴を掘っている。
マロ、ハクチョウの死骸を埋めようとし、フッと何かを愛しむように
その死体をやさしく撫でてやる。

19　圧力

窓外に時々、木に積った雪が落ちる。
テーブルに坐って新聞を読んでいるゴッホ・関口・米吉・泉・リンさん。
チャイムの音がして銀次がケイタイをかけながら入る。

みどり・チル「いらっしゃい」
銀次（電話に）「こっちも参ってるンだよ。融雪剤まきゃあ又雪が降る。又融雪剤まきゃあ又雪だもン。こんな年ってきいたことねぇ。うン、じゃ頼みます。はい、宜しくお願いします。（切って）おはよ」
一同「おはよ」
銀次「ママ、今年の味噌。今年ァ春も夏も来ないかもしれないぜ」
関口「こゝらだけだっていうじゃない」
米吉「気象台でも理由が判らないって頭かゝえちまってるっていうぜ」

鈴の音がして男が入る。

みどり・チル・銀次「いらっしゃい」

男　（席に坐る）

チル「コーヒーでいいですか？　ミル、使われます？」

男　（うなずく）

ゴッホ（突然）「エーーーッ!?」

チル「びっくりしたァ！」

ゴッホ「一寸々々！　札幌工科大の星川准教授って、この前来てたあの先生よね！」

みどり「そうよ。どうしたの」

ゴッホ「警察に逮捕されたってさ！」

みどり「ええッ!?」

チル「何で何で！」

米吉「何したンだ！」

ゴッホ「札幌の地下鉄で痴漢したンだと」

一同「痴漢!!」

みどり「ウソ！」
ゴッホ「ちゃんと書いてあるわよ。ホラ！　星川幸夫46才。札幌工科大准教授」
みどり「そんなバカな！　あの人そんなことする人じゃ」
ゴッホ「だって書いてあるもン！　ヌレギヌだって本人は必死になって否定してるって」
リン「見せて見せて！」
　一同、新聞を奪い合って読む。
銀次「ホントだ。こっちにも出てるぜ。被害者は23才ＯＬ。満員電車でお尻をさわられ」
　チャイムの音。
チル「いらっしゃい！」
　入って席に坐る河西京子。
　チル、水を運ぶ。
京子「コーヒー下さい」
チル「ミルは使はれます？」
京子（うなずく）

ゴッホ「こゝのコーヒー、味、変った？」
みどり「変ですか」
ゴッホ「一寸ね、――――何か味が落ちた気がする。ゴメン」
みどり「水を変えたンですよ」
ゴッホ「いつもの泉の水、使はなくなったの？」
みどり「一寸ね。あの水は使はない方が良いンじゃないかって」
ゴッホ「あすこの水は大丈夫でしょう」
銀次（飲んで）「いや変わンねぇよ」
関口「ママ、おいしいよ。ゴッホさん、変ってないよ」
米吉（突然）「そういうことかい」
関口「何よ」
米吉「大学の先生も脇が甘いねぇ」
銀次「何の話？」
米吉「はめられたンだよこれは。（ニヤリ）恐い恐い」
関口「はめられた!?」
米吉「チカンなンていくらでもデッチ上げられるさ」

銀次「デッチアゲ!?」
米吉「そういうこともまァ。あり得ますよってこと」
チル「判ンない」
米吉「セクハラ関係はインテリ潰すにゃあ一番簡単な手段ですよってこと。これであの先生の農薬汚染説も一挙に消滅しちゃいますよってこと」
ゴッホ（バンと手を叩く）「米吉。——あんた今日冴えてる!」
チル「全然判ンない」
米吉「頭の良い実力者にゃかなわないねぇ。恐い恐い」

みどり、ミルを京子に運ぶ。

京子「こゝらはまだ春が来てないンですね」
みどり「変なンですよ今年の春は。何だかここらだけ冬が居座って」
京子「ママさん」
みどり「ハイ?」
京子「浅原さんをよくご存じだったンですか」
みどり「ハイ。（京子の喪服を見て）浅原さんとこにお詣りにみえたンですか?」
京子「星川先生からお香典を言伝かっていたもンですから」

きき耳を立てる一同。

京子「でも養鶏所が閉鎖されていて誰方もいらっしゃいませんでした」

みどり「――あすこもうたたまれて、ご家族全員引き揚げられたンです」

京子「そうみたいですね」

みどり「今新聞で知ったンですけど、――本当なンですか星川先生のこと」

京子「逮捕されたってことは本当です。

――ママさん」

みどり「ハイ」

京子「先生、ここらの土壌の調査を、浅原さんに頼まれてやってらしたンです」

みどり「――」

京子「浅原さんの自殺のことで、先生ショックを受けてらっしゃいました。

浅原さんは絶対誰かに狙はれ、はめられて追いつめられたンだって」

みどり「――」

耳をそばだてている一同。

京子「失礼ですけど、ママさんの亡くなったお父様って昔高山組の専務をしてらした立花仁助さんだったンですね」

みどり「――ハイ」

間

京子「立花さんご夫妻が交通事故で亡くなられた時、――本当にそれが事故だったのかどうか、浅原さん疑ってらしたそうですね」

みどり「――」

間

京子「お父様が亡くなる前、浅原さんに託された立花メモのこと――あなたどこまで聞いてらっしゃいますか」

みどり「――」

京子「昔高山組が千代田化学の工場の処理を請負ったとき、２５０本の農薬の原液を、どこにどうやって埋めたかということが、そのメモに詳細に書かれていたこと、――あなたどこまで御存知ですか？」

みどり「――知りません」

京子「――」

みどり「本当です」

間

京子　「ずっと以前に、変な形で始って変な形で突然中止されたペンケ沼ダムの計画ってありましたよね」

みどり「はい」

京子　「その時いったん掘り起こして、埋め戻された、今のペンケ沼の沼底の地中。農薬はそこに埋められたンでしょう?」

みどり「――」

京子　「不法投棄された農薬のドラム缶はペンケ沼の沼底に眠ってるンでしょう?」

みどり「知りません」

京子　「そこから泌み出した毒物がここらの土壌や植物を汚染して、水鳥たちはそれが原因で死んだんじゃないかって、私たちは考えています」

みどり「――」

間

京子　「去年こゝらで大量の蜜蜂がどこかに消えたって事件がありましたよね」

リン　「エ!?　アそれ、わしんとこのミツバチです」

京子　「あれもその農薬が原因じゃないかって星川先生疑ってました」

リン　「マジすか!?」

京子「農薬に含まれてたクロチアニジンて成分がそういう悪さをしたンじゃないかって」

一同「――」

京子「全ては不法投棄されたドラム缶から出ていて、それをかくしたい政治の力が、鳥インフルエンザのせいにして、本当のことを隠ぺいしようと――」

米吉「そういう話はお止めなさいな。ママがいやがってるじゃないですか」

京子「ママさん教えて欲しいンです。あなたのご両親のこと、浅原さんの自殺。それに今度の星川先生のこと」

米吉「止めろって云ってるのきこえない？」

京子「私納得いかないンです。どうして今回の水鳥の大量死が、そんなに簡単に渡り鳥によるバードウイルスのせいにされるのか」

泉「バードウイルスが原因だってのはね、北方大や東方大の偉い先生方が――」

京子「御用学者はいっぱいいますからね」

米吉「いいかげんにしなよッ！」

京子　「―――」

米吉　「自分とこの先生がチカンで捕まったからってそこまで邪推するこたないンじゃないの？」

間

京子　（米吉に）「あなた、行政の方ですか？」

米吉　「わしですか？　―――ちがいますよ」

京子　「お職業は？」

米吉　「―――土建屋ですよ」

京子　「やっぱりね」

間

京子　「高山大悟の力って噂以上に凄いンですね」

米吉　「―――」

京子　「大学教授をチカンに仕立てるぐらいわけもないことだってさっき自分で仰云いましたね」

間

米吉　「高山先生なんてわし云ってないですよ」

京子「そうかしら」
米吉「――」
京子「頭の良い実力者にゃかなわない、恐い恐いってつい今そこで云ってらしたのに」
米吉「――」
京子「私もこの調査始めてから何度も恐い目に遭いましたよ」
米吉「――」
京子「恫喝まがいの変な電話が研究室までかかって来ましたしね」
関口「あんた、この店はね、そういう生臭い話するとこじゃないの。地域の人間がのんびりコーヒー――」
京子「心配しなくていゝですよ」
米吉「――」
京子「調査はもう中止になりましたからね」
米吉「――」
京子「大学の方からストップがかゝりましてね」
米吉「――」

京子「この問題は以後触れるなって、学部長からはっきり云はれましたよ」
米吉「――」
京子「おかげで私、勉強しました。都合の悪い真実がどうやってかくされて行くかをね」

京子、お金をテーブルに置いて、去りかける。

京子「星川先生がそんなことする人かどうか、そばにいる私が一番よく知ってますよ。先生は研究一筋を絵に描いたような人格者です!
――コーヒー、今度いただきます」
米吉「――」

みどり、あわてて。

みどり「ア、お金。召上ってないのに困ります、一寸!」

追って出る。

間

ゴッホ「米吉ィ」
米吉「なンだよ」

間

ゴッホ「あんたたまには良いこと云うなァってさっきは見直して冴えてるってホメたけど――やっぱり所詮はダメな男ねェ」
米吉「――」
ゴッホ「何ですか一体今の態度」
米吉「――」
ゴッホ「強いものにはまかれろっていうへイコラ人間丸出しじゃないの。え？」
米吉「――」
ゴッホ「高山大悟の名前が出たとたんに」
米吉（突如）「わしにも、愛する家族がいるンだよッ」
ゴッホ「おや」
米吉「お前みたいな独りもンのオカマとは抱えてるものの重みがちがうンだよッ」

間

ゴッホ「ひとりもンのオカマで悪かったねッ」
米吉「――」
ゴッホ「オカマでもちゃんとチンチン位あるよッ」

チル　（口の中で）「ウワァ――」
ゴッホ「あんたそれでもチンチンあるのッ」
米吉　「――」
ゴッホ「なんなら並べて較べっこする!?」
チル　（口の中で）「スゲェ――」
リン　（真面目に）「ヤメマショヤメマショ！　そんなチクワを二本並べられたって、誰も食欲が出ない！　それよりさっきのミツバチの話だけど！　アレ、うちンとこのミツバチ、50万匹全部かえってこなかったンだから！」

地震。
薪を持って表から入ってくるマロ。
米吉、立ち上がって勘定を払う。

米吉　（泉に）「行こ」
泉　（立つ）
米吉　「ママに謝っといて」
チル　「分かりました」
二人、出て行く。

関口、マロに寄る。

関口「マロさん、ちょっといい？」

マロ「――」

関口「ゴメンネ。誤解しないでね。

（間）

オレあんたのこと大好きだしさァ。
みんなも同じだと思うから云うンだけど。
あんたもう無理して記憶喪失のふりなんてしないでいゝんじゃない？」

マロ「？」

間

関口「イヤちがうのよ？　誤解しないでよ？　あんたにもそりゃあ色々事情ある
だろうことは判るのよ？　だけど――
あんたがペンケ沼の立入禁止区域に夜中にこっそり入りこんでるのは、
こゝらじゃもう有名な話だしね。

（間）

マロさんて札幌工科大の人？

それともどっかの偉い先生？

（間）

何かこっそり調べてンの？

（間）

あんたがトランクに白鳥の死骸をこっそりかくして持ってたことは、こゝに見た人がはっきりいるしね。

（間）

いや誤解しないでね？

俺、あんたが心配で云ってるのよ？

札幌工科大の星川准教授も罠にはまってつぶされたらしいしさ。

あんたが先生の二の舞になると、俺たちみんな困るしさ。

それにママさんが悲しむじゃない？

（間）

そりゃあ世間には色んな立場の人がいて、夫々考えがちがうわけだけどさ。

俺、人間ってさァ、みんな夫々必死に生きてて、みんなとってもいゝ人だと思うの。悪い人なンていないと思うの。（銀次に）ねぇ！」
銀次「そうそう」
関口「高山先生のことみんなワルだワルだって云うけどさ、あの人だって音別町の倖せの為に国政の場でがんばってるわけだしさ」
　マロ、行こうとする。
関口「ちょっと待てよ、話まだ終わってないよ。これ以上あんたがこゝにいると、ママに迷惑がかゝると思はない？」
男「スミマセン。（マロに）一寸お話しが。あちらに――」
関口「なンだあんたは。俺がこの人と話して――」
　男、関口を一瞥。関口、ふっとぶ。
男（マロに）「あちらに――」
マロ「――（奥へ去る）」
　男、マロが入って行った奥の方を見つめている。
みどり（男に）「お知り合いなンですか？」
男「――」
　男、勘定を置いて玄関へ。

みどり（追って）「ごめんなさい！　何があったか判ンないですけど、
　あの――」
男、出て行く。
間
ゴッホ「誰？　今の人？」
銀次「どっち側の人だろう？」
リン「どっち側って？」
チル（ふいに）「アレ？」
一同「――」
チル「何この音」
風の音。その中にまじってきこえてくる、水鳥たちの不思議な合唱。
ゴッホ「これじゃないの!?　風見がきいたっていう音」
銀次「これだこれだきっとこの音だ！　山の方から本当にきこえるぜ」
歌大きくなり、室内暗転して、プロセニアムの森に雪が降り出す。

20　恋人（ブナの森、閉店後）

歌声だけが残っている。

チルチルが一人でテーブルを拭いている。

チャイムの音に顔を上げる。

チル　「すみませんもう店――」

入ってくる風見純。リュックを肩にかけている。

ゆっくり立ち上るチルチル。

チル　「いらっしゃい」

風見　「――すぐ駅に行かなくちゃならないンだ」

チル　「――」

風見　「その前に一言だけ云いたくってな」

チル　「――」

風見　「決してオレ――良いかげんな気持じゃなかったンだ」

チル　「――」

風見　「オレ、あの日から――。津波のあったあの日から――本当に立ち直ろうって必死だったンだ」

チル　「――」

風見　「一時はヤケになって。――どうでもよくなって――」

間

風見　「でもあのペンケ沼でカモたちを殺したとき――」

チル　「――」

風見　「悲しくって――自分に腹が立って」

チル　「――」

風見　「いくら生き抜く為だからって、どうしてこんなことしなくちゃならないンだって」

間

風見　「そしたらいきなりあの歌がきこえてきたンだ」

チル　「――」

間

風見「何が云いたいンだ」
チル「――」
風見「よく判ンねぇ」
チル「――」

間

風見「オレはあんたと――無責任な気持であゝいうことしたンじゃねぇ」
チル「――」
風見「あの晩、あんたのやさしさが、――マジ、たまらなく救いだったンだ」

間

風見「あんたを抱いてたら、――一瞬くにに帰った気がしたンだ」

マロ、奥から入る。

マロ「いらっしゃい」
風見「すぐ帰ります」
マロ「――」
風見「俺ァこれからいわきに帰る。だけど――必らず連絡する」
チル「――」

風見　「これ、オレのケイタイの番号だ」
　　　　メモを渡してそのまゝ行こうとする。
チル　「ねぇ」
風見　「?」
チル　「あたしアケミじゃないよ」
風見　「わかってるよ、チルチルだろ」
　　　　風見、去る。
チル　（うなづいて）「送ってく。マロさん、すいません、あとお願いします」
マロ　「気をつけて」
チル　「はいッ!　本当にごめんなさい!」
　　　　風の音。

21　蘇生

又、風が出たらしい。
玄関のチャイムがかすかに鳴る。
マロが一人で暖炉の火をいじっている。
薪のはぜる音。
マロ、フッと顔をあげる。
忍びやかに戸を叩く音。
間
マロ　「どなたですか？　あの、もうお店は」
戸をあける。
男が白いマントを着て立っている。
男は夕方、店に来ていた男。
その後から同じく白いマントを着た女と男が現われる。

女は若く美しい。

三人、マロを見つめたまゝズイと入る。

マロ　「──」

三人共、マントの下に軍服をつけている。

娘　「マロース」

マロ　「──どちら様」

入って戸を閉める三人目の男。

後退するマロ。

男　「マロース」

マロ　「どなたですか」

男　「判りませんか私が」

マロ　「──」

男　「カピタン。大尉です、あなたの部下の」

娘　「おじいちゃん私よ！　判らない？　ナースチャよ！　あなたの孫の！」

間

マロ　「ナースチャ？」

カピ　「探しましたあなたを、みんなで手分けして！」

マロ　「――」

カピ　「もうあきらめるところだったンです！　ところが昨夜、思いがけず、このサージェント、――軍曹が偶然この森で穴を掘っているあなたを見つけた。

軍曹は仰天してとび出そうとした。しかしあなたが余りにも真剣なのでとび出さず木の陰からあなたを見ていた。

そうしてあなたが穴の中に何かを埋め、この店に戻られるのを見届けてからもう一度さっきの現場に戻り、あなたの掘っていた穴を掘り起こした。

そこには奥様の遺体があった」

軍曹　「ユニコワ・ソーニャ・サムノビッチ・マロース。

あなたは奥様の遺骸を埋めておられました」

マロ　「――」

カピ　「あなたはそのことを、――判ってやっていらしたンですか」

マロ　「――」

カピ　「判らずにやっていらしたンですか」

マロ　「――」

静寂。

奥の部屋でふいに電話の音がする。

間

みどりの声（とって）「ハイ。――舜⁉　――舜ちゃんなの⁉

どこからかけてるの⁉　お父さんは⁉　そう！　――もう自分で電話か

けられるンだ。アハハハハ、よく判ったわね母さんの電話。おばあちゃん

は、ア、もしもし！　もしもし！　チクショー！」

カピ　「時間がありません。要点だけ申します」

マロ　「――」

カピ　「生き残りの旅団はシターバがまとめて、あの後すぐにシベリアに発たせま

した。今残っているのは軍令部直属の自分と軍曹。それにどうしても残る

と仰云ったこのナースチャの三人きりです。

我々は何とか時間ぎりぎりまでマロース、あなたを探したンです」

間

マロ　「何の話です」

ナースチャ　「――」
マロ　「私には何のことか判らない」
ナースチャ　「おじいちゃんお願い！　私を思い出して！」
マロ　「――」
カピ　「自分の名前もお忘れですか、マロース！」
マロ　（小さく）「マロース」
ナースチャ　「思い出してマロース！」
マロ　「マロース」
カピ　「そうですマロース！　あなたはマロース！　――我々の将軍です」
マロ　「――」
カピ　「あなたは冬の旅団を率いて、シベリアからこゝへ、こゝからシベリアへ
――何年も何年も通っていた筈です」
マロ　「――」
間
カピ　「今年越冬地のペンケ沼に来た時、いつもとちがう異変が起きていた。
我々より先に来たマガモの兵士たちに原因不明の死者が続出した。

あなたはその原因を沼の周辺のコケのせいだと云い、コケを食うことを旅団に禁じた。だから我々の旅団からは一人の死者も出さずにすんだ。ところが突然人間たちが来て我々に向かって毒ガスをまき始めた。何のことかさっぱり判らなかった。突然のあの強烈な匂いの噴射で旅団全員がパニックになった」

いきなりシューッというガスの噴射音。

カピ「あるものはそのまゝ死に、あるものはいきなり記憶を失い、あるものは平衡感覚を失って同じ場所をひたすらくるくる廻った。そこへ彼らは銃火を浴びせた。混乱の中で旅団全員がパニックになり、逃げまどい、飛ぼうとし、みんなそのまゝチリヂリになった」

いきなり銃声。

突然湧き起こる水鳥の騒ぎ。

羽音。水音。

カピ「思い出せませんかあの日のことを。ペンケ沼で起った殺戮のあの日です」

マロ「――――」

カピ「みんな懸命にあなたを求めた。指揮をとってくれるあなたを呼んで叫んだ。マロース！　マロース！　マロース！　マロース！」

水鳥たちの狂ったような叫び。

カピ　「何とか逃げおゝせた軍令部の生き残りが辛うじて生存者を空で括めました。そしていつものあなたの指示を伝えた。

北へ向かってまっすぐに飛べ。

北天８ヶの冬の灯を求めよ。オリオンを背に見てカペラを目指せ。アルデバランに惑はされてはならぬ。カシオペアの灯を右手に望み、迷わず天の川をつっ切って進むべし」

マロ　（呻くように）「おゝ―――」

カピ　「カペラの彼方にポラリスを求めよ、やがてバイカルの白を見るなり」

マロ　（かすれて）「タイガの森林を真北へ進め。バイカルの白を左に置きつゝ三つの村の灯を下に見て飛べ。

そこに小さな入江を見つけん！」

軍曹　「マロース!!」

カピ　「思い出されましたか、御自分のことを」

マロ　「―――（かすれて）あゝ」

ナースチャ「私が判る?」

間

マロ　(かすれて)「おゝ、ナースチャだ。私の孫娘だ」

カピ　「私のことは」

マロ　「カピタン」

カピ　「そうです!　あなたの直属の大尉です!」

マロ　「ワーリァはどこだ!　わしの娘は」

カピ　「お嬢さまはあの晩、なくなりました」

マロ　「ウッ(涙)――妻を呼んでくれ、私のソーニャを」

カピ　「――残念乍ら亡くなられました。あなたは昨夜その御遺体を、この裏の森に埋めておられた」

マロ。

――突然嗚咽で走ろうとする。

その体をカピタンと軍曹がしっかり抱きとめる。

カピ　「失礼しました。ゲネラルとポルーチクも死にました。でもまだ少数だけ生き残っております。ナチャリーク・シターバも生き残りました。シターバが生き残っているみんなを括めて一足先にシベリアに発ちました。今まだここに残っているのはナースチャと自分とこのセルジャント。セルジャントはゆうべからこの森にひそんで、この町の人たち、そしてこゝのママの動きをずっと張っていました」

マロ「あの人に害をするな！」

軍曹「してません！」

カピ「あの人があなたを守ってくれたことは判っています」

間

カピ「マロース」

マロ「―――」

カピ「あなたはこゝが気に入られたらしい。しかしあなたは去らねばなりません。もうこれ以上時間がありません。偏西風が向きを変え始めています」

軍曹「マロース！　明日の朝一緒にシベリアに発ちましょう！」

マロ「無理だよ」

カピ「ムリ？」

マロ「もうとても無理だ。私はもう老いた。シベリアまで飛ぶ力は残っていない」

軍曹　「何を仰るンです」

マロ　「それに万一たどりつけたとしても、――（声が涙でつまる）一緒に暮す相手がもういないなら」

カピ　「――」

マロ　「私はソーニャとこゝへ残る。妻の墓を守って、この地で朽ちる」

間

カピ　「お気持は判ります。でもいけません。あなたは冬将軍。季節の指揮官です。あなたが去らなければこの村に春は来ません」

軍曹　「四人でシベリアへ発ちましょう！　我々がゆっくり護衛して行きます！」

カピ　「これ以上季節を狂わせてはいけません。人間が如何に季節を狂わそうと、我々ハクチョウまでそれに加わってはなりません！」

マロ　「――」

カピ　「明日の夜明け。夜の明ける時刻に、こゝにお迎えに参ります」

マロース。

ナースチャ「お願いおじいちゃん！　私と一緒にシベリアに帰ろう！　ね！」

ナースチャ、マロースを抱きしめる。

三人、表へ消える。

マロース。

間

ゆっくり玄関の鍵を閉める。

みどりの声「マロさん」

マロ　「――」

みどり、ガウンを着て部屋に入る。

みどり「誰か来てたの？」

間

マロ　「いいえ、誰も」

間

みどり「――」

マロ　「どうしたンですか」

みどり「ゆうべはごめんなさい」

マロ　「――」

みどり「きつい云い方をしてしまって。あれは私がいけないの。白鳥の死骸を見て私ショック受けてしまって」

マロ　「――」

みどり「あなたが何もおぼえてないことは、私判っていた筈なのに、それを責めるような云い方してしまって」

マロ　「――」

みどり「大体あなたを疑うなンてこと自体私が悪いの。少しでも疑ってしまったこと自体。――マロさん」

マロ　「――ハイ」

間

みどり「何だか私、すごく恐いの」

マロ　「――何がです」

みどり「何だかよく判らない。でも――」

マロ　「――」

間

みどり「鳥たちがあんなにバタバタ死ぬこと――それに人間が加わって殺すこと――。冬がいつまでも終らないこと。山から泣き声がきこえてくること」
マロ「――」
みどり「私自身の心を含めて、みんなの心が汚れてきたこと」
マロ「――」
みどり「マロさん、この店に来る人達はつい昨日までこんなじゃなかったのよ！人を疑って責めるなンて、絶対する人たちじゃなかったの！」
マロ「どうしたンですか」
みどり「――」
マロ「泣いているンですか」

間

みどり「ゴメンナサイ！　私――落ち込んでるの」

急にみどり、マロに抱きつく。

みどり「出てった主人が――最近出した小説を読んだの。そしたら――
あの人全然変ってないの。

昔のまゝに、きれいな心なの。
それに比べて私、私――
自分がどんどん汚れていってる気がするの」
マロ「――」
みどり「このまゝだと私――」
マロ「もう寝ましょう」
みどり「――」
マロ「も少し薪を足しておきます」
みどり「――」
マロ「今夜はきっとうンと冷えます」
みどり「――（小さく）ゴメンナサイ。私――どうかしてるわ」
みどり、去る。
マロ。
――窓に近づいて遠くを見る。
マロ「――ソーニャ」
舞台がゆっくり暗転する。

マロの声（呟く）「北天8ヶの冬の灯を求めよ。
オリオンを背に見てカペラを目指せ。アルデバランに惑わされてはならぬ。
ねるな！　ナースチャ！
シベリアに帰るンだ!!」
舞台全面に星座がまたゝく。
マロの声「カシオペアの灯を右手に望み、迷わず天の川をつっ切って進むべし」
M――
マロの声「ホラ見ろワーリァ、あれがカペラだ、カペラの彼方に、ポラリスを求め
なさい！
がんばれソーニャ！
羽を動かせ！
もうじきバイカル湖が白く――ホラ、光ってる！
（間）
タイガの森林が見えて来たゞろう？　その上をまっすぐ真北へ進むンだ。
そうすればもうじき村の灯が見えてくる――」
M――盛上って。

22　別れ（ブナの森・早朝）

起きてくるみどり。
カーテンを開ける。
黎明の光が窓に満ち、外の空気の中にダイヤモンドダストが舞う。
寒い。
暖炉の火を急いでかきたてる。
クーッ、クーッというハクチョウの啼声。
ふりかえる。
窓にかけよる。
みどり「マロさん！　一寸！　起きて来て！　見て見て！
ハクチョウが、三羽――――玄関の前にうずくまってる！
マロさん！　マロ――――」

扉が開いて外からマロが入ってくる。
マロは、白いマントと軍服に身を包んでいる。

みどり「どなたさま？　――マロさん？」
マロ「――」
みどり「どうしたンですかその恰好！」
マロ「すみません、おどろかして」
みどり「――」

マロ、白鳥の絵を見ている。

マロ「お別れの時が来てしまいました」
みどり「――どうしたの急に！」
マロ「もっと早く私は気づくべきでした」
みどり「――何を」
マロ「私が去らなければ、こゝに春は来ません」
みどり「エ？」
マロ「私は冬の使者。毎年ペンケ沼に来るハクチョウの群の長。みんなからマロースと呼ばれています」

みどり「エ？」

マロ「マロースとはロシア語で冬将軍という意味です」

みどり「――――！」

音楽――静かな旋律で入る。

マロ「私はハクチョウの旅団を率いてバイカルのほとりからペンケ沼へ来て毎年こゝで冬を過しました。それは先代、先々代、ずっと昔からの営みでした」

みどり「――――」

マロ「でも今年ペンケ沼は毒物に汚染され、カモの軍団から死者を出した。その為に我々は疑いをかけられ、村の方々から皆殺しにされました」

みどり「――――」

間

マロ「この毒物は当分消えません」

みどり「――――」

マロ「多分来年――こゝらに冬は来ないでしょう。秋から春へ、ゆるやかに移る。

だがその春も淋しい春になるでしょう。鳥はもう鳴かない。虫も飛ばない。あなた方人間の作った毒物がこゝらに住んできた小さな命を全て根こそぎ殺してしまった」

みどり「――」

マロ「人間は本当に不思議なことをなさる。智恵をしぼって自然を壊している」

みどり「――」

マロ「シベリアの凍土も溶けかけています。我々のふるさともなくなるかもしれません」

みどり「――」

間

マロ「すみません、ママさん。私はあなたを責めてるわけじゃない。それどころか――あなたには本当に感謝している」

みどり「――」

マロ「あなたは私を守ってくれた。私を疑ったこゝらの人たちから。いや――」

みどり「――」

マロ「こゝらの人たちをも恨んでなンかいない。ばかりか――むしろ感謝している」

みどり「――」

マロ「こゝにいる方々はいゝ人ばかりだ。何より彼らには――大胆な想像力がある」

みどり「――」

マロ「人間の想像力――。

これはすばらしい」

みどり「――」

マロ「それが少しだけ向きを変えれば、自然は又みなさんに微笑みかける」

みどり「――」

マロ「あなたに一つお願いがあります」

みどり「――」

マロ「私がこの裏に埋めた、ハクチョウの死骸――

あれは、私の――愛する家内です」

みどり「――」

マロ「ソーニャといゝました」

みどり「——」
マロ「私の一生を——支えてくれた」
みどり「——」
マロ「私は彼女を——心から愛してた」
みどり「——」

間

マロ「私はあそこに一晩かけて、十字架を立てました」
みどり「——」
マロ「私のことを何かのはずみに、この先思い出して下さることがあったら——どうかあの墓に詣ってやって下さい」
みどり「——」
マロ「いつまでも詣ってやる必要はありません」
みどり「——」
マロ「春になり——陽がさし——雪が溶け——あいつの体をキツネたちがついばみ——小さな虫たちがその生の為に、彼女の骨を食べつくしてくれるまで——」

みどり「――」
マロ「小さなものたちのお役に立ってあいつが本当の一生を終えるまで」
みどり「――」
マロ「それまででいゝです。
　詣ってやって下さい」
　　間
マロ「さよならママさん。
　みなさんによろしく」
みどり「――」
　　マロ、表へと去る。
　　動けず呆然とつっ立っているみどり。
　　長い間。
　　チリリンと鈴が鳴り、チルチルがとびこむ。
　　窓へ走って。
チル「見て見て！　ママ見て！　大きなハクチョウが三羽、四羽！
　待って待って！　カメラ!!」

チルチル、携帯で写真を撮る。

クーッという遠いハクチョウの啼き声。

チル「ここにいたのよ！　玄関のすぐ前に！」

みどり「――」

チル「どうしたンですか？」

みどり「――」

チル「マロさんは？」

みどり「行ったわ」

チル「行った？」

間

みどり「帰ったの」

チル「どこへ！」

みどり「――」

チル「あの人、自分のこと思い出したンですか⁉」

みどり「――」

チル「誰だったンですか、あの人！」

みどり「北から来た人」
チル　「北から!?」
みどり「えゝ。たった今、北へ帰ったわ」

間

M――静かにイン。
セットがゆっくりと開き、陽光の中に光るペンケ沼が現われる。
ペンケ沼が春の彩りに変る。
どこかでチロチロと水の音がする。
それは次第に沢音へと変化する。
みどり、ゆっくりと十字架に向かって歩く。

米吉の声「おい！　見てみなよ！　不思議なこともあるもンだぜ！　昨日はマイナス2度だったのに、今朝はプラスの14度だぜ。いきなり春が帰って来やがった！」
伸子の声「由美子！　楊が芽を吹いてる！」
銀次の声「ゼツリンかい？　もしもし！　あゝゼツリンに伝えて欲しいンだ！　ハウスのメロンが急に蕾をつけ始めたンだわ！　ミツバチ、何とかならんだろうかって！」
雪子の声（囁く）「一寸あやの、熊！　熊！　あすこ！　熊が冬眠から覚めてきて
　　――。ホラ、あすこあすこ！」
泉の声「音別川がオイ！　どんどん流れてる！　山で雪どけが進んでるンだわ！」
チルチルの声「ママ！　ふきのとうがこんなにとれちゃった！」
関口の声「スノータイヤをはきかえなくちゃ。おい、夏タイヤどこにしまった？」
リンの声「ゼツリンです！　一月早く子供が生まれました！　二人共オレに似た可
　　愛い女の子です！」
ゴッホの声「冬が去る、そして春が来る。だがこの営み、いつまで続くのか？」
女の声「スミマセーン、車がぬかるみにはまっちゃって。スミマセーン」
　　沢音がぐんぐん高くなる。
　　ライト、ゆっくりみどりに絞られる。
　　みどり――立っている十字架にそっと寄って呟く。
みどり「マロさん――
　　あなたが北へ帰ったら、本当に冬が一緒に去ったわ。
　（間）

でも、この春は、本当にいつもの春？
（間）
鳥も啼かない。
（間）
虫も飛んでない」
間
みどり「浅原のおじさま」
みどり。
みどり「これでも本当に――春っていえるの？」
沢音。
雪の小山の上に立っている十字架。
みどり、その十字架にゆっくり歩み寄って。
M――ロシア民謡、静かに高まって、
消える――。

——幕——

（二〇一四年三月）

作品界隈――

富良野GROUP　松木直俊

富良野の倉本家の収蔵庫の奥深く。東京の善福寺の旧家より引き提(さ)げてきた、少年時代の作文やノートなどが詰まった行李。その中に、一冊の演劇作品のパンフレットが宝物のように仕舞い込まれている。

文学座第63回公演「なよたけ」
1955年10月11日～22日　大手町・産経ホール

同世代の演劇ファンには、公演自体が紛れもなく宝物であった歴史的上演。
このときすでに作者の加藤道夫氏は自死によってこの世の人ではなかったが、その瑞々(みずみず)しい筆致が紡ぎだす新しい時代の「舞台幻想」は、演劇界を鮮烈に駆け抜ける。

「竹取物語」は斯うして生れた。世の中のどんなに偉い學者達が、どんなに精密な考証を楯に此の説を一笑に付さうとしても、作者は唯もう執拗に主張し続けるだけなのです。『いいえ、竹取物語は斯うして生れたのです。そしてその作者は石ノ

上ノ文麻呂と云ふ人です。……』

加藤道夫・作　戯曲「なよたけ」の冒頭より

平安時代の初期に成立した日本最古の創作譚「竹取物語」。「かぐや姫」として親しまれている幻想的な物語が、どのように生み出されたのかを巡る伝説的戯曲。

「舞台幻想」の代表作といわれる「なよたけ」の作者・加藤道夫氏は、自作をこう語る。（前掲の初公演パンフレットの作者の言葉より・1952年4月付）

「この劇の内容は、僕が設定した石ノ上ノ文麻呂と云う「竹取物語」の作者が物語を書くに至るまでの精神の成長の歴史である。云わば、作者は己の生の意識を高める為に、石ノ上ノ文麻呂と云うひとりの青年の魂の昂揚を描こうとしたわけである。第三幕の後半から劇は次第に文麻呂の内的世界に入って行く。更に傳説の世界を通過し、最後にこの世の果てで理想の「なよたけ」にめぐり逢った時、なよたけの形姿は月の光に露と消え、同時に「物語」がしかと彼の内面に生き始める。つまりひとりの青年が不圖（ふと）した現実の經驗から次第に詩の世界に高まってゆき、最後に詩人の資格を獲得するまでの精神史をこの劇は繰り擴げてゆくわけである。」

「なよたけ」の戯曲をまだ未読の方の倖せを奪うつもりはないので、作品の内容には触れないが、「かぐや姫」という、おとぎ話＝ファンタジーの幻想世界を、現実のリアルな視点で深く清く掘り下げた、稀有な構成力に魅力がある作品だと感じる。純粋過ぎるほど、純粋な魂の持ち主と云われ、それゆえ自死に至った加藤氏の魂そのものが、戯曲という形で刻まれたのが、この「なよたけ」という作品であると。

この「なよたけ」初演のパンフレットには、三島由紀夫氏を始めとする、当時の最先端の文化人がこぞって寄稿しているが、戦時中の1944年に書かれ、戦後雑誌「三田文学」に分割されて掲載されたこの作品の、作者不在とはいえ、初の完全版公演は、演劇界に止まらず、文化界の一大重要事件だったに違いない。倉本は当時二十歳(はたち)の青年。同世代で「劇団四季」を創設する浅利慶太氏たちもこの公演に大感激した口だという。日本の文化史の中で、大きなターニングポイント＝転換点だったのだろう。倉本にとって成人以上の転換点、ドラマ人生の一つの大きな「起点」になったのかもしれない。

10歳で終戦を迎えた倉本少年は、戦後復興の中、怒濤の如く入って来た元対戦国欧米の「映画」「演劇」を浴びるように観まくる。映画はフランスのジュリアン・デュヴィヴィエ監督(「巴里の空の下セーヌは流れる」「運命の饗宴」「旅路の果て」「望郷」)、アメリカのフランク・キャプラ監督(「素晴らしき哉、人生!」「毒薬と老嬢」)に傾倒し、演劇はフランスのジャン・ジロドゥ「オンディーヌ」、ジャン・アヌイ「ひばり」。映画

「天井桟敷の人々」や「第三の男」。そして「ライムライト」のチャップリン。

こうした歴史的な名画名作の連打が、青年期へ移り変わる多感な思春期の倉本少年の「心」を育てる糧として強烈に打ち込まれた。加藤道夫の「なよたけ」も決定的なその1本――。ジロドゥの研究者としても知られる加藤道夫は、1953年に「ジャン・ジロゥドゥの世界――人と作品」を上梓。倉本はこの書物の中で紹介されていたジロドゥの「巴里協奏曲」のセリフの一つ「町を歩いていたらとてもいい顔をした男に出逢った。彼は良い芝居を見た帰りに違いない」と、運命的に巡り合う。実際のセリフはバスの中から観た町往く人の点描なのだが、倉本は普遍的な意味合いでこの言葉を心にとらえ、座右の銘にした。人の心を洗う演劇の素晴らしさ。そうした作品を書きたいと、当時、受験勉強真っ最中の倉本は思った。


倉本の少年時代は、東京にもまだ「幻想」の世界が存在するのに欠かせない「闇」がいたるところにあった時代。古来、この闇があったからこそ、魑魅魍魎（ちみもうりょう）や悪戯（いたずら）好きの妖怪たちが人々と生活を共にしていた。闇が深いからこそ、昼間それを照らしてくれる「お天道様」の有難さが、身に染みていた時代とも云えるだろう。

戦前戦中と帝都東京でも、特に倉本が暮らす森深い武蔵野の闇の漆黒さはいかばかりであったろう。さらに、戦時中の山形への学童疎開、岡山への縁故疎開。特に岡山では廃屋暮らしで、闇の深さは半端ではなかったに相違ない。闇から守ってくれる両親の懐の安心感。家族の「絆」を言葉ではなく、心で実感する夜毎の「闇」。

——戦後の高度成長期。やがて東京どころかどの町からも闇は消滅していく。まるで、闇を支配することが文明の進歩であると云うばかりに。

脚本家として一家を成した倉本は、1974年、NHKの大河ドラマ「勝海舟」執筆中に制作陣と対立。倉本の作家としての〝創〟の姿勢と、当時のNHKの組織的体制を最重視する姿勢が真っ向から衝突し、挫折感と失望感を味わった倉本は東京を離れ、北海道へ遁走する。

札幌で旅館住まいをしながら仕事（「前略おふくろ様」「うちのホンカン」等）を続けていた倉本は、旅人ではなくこの北の大地を見つめたいと永住を決めその場所を探す。たまたま飲み屋で隣り合わせた男の勧めに従い翌日向かったのが富良野の森の中の閑静な空間。一日でその土地が気に入った倉本は、そこに根を下ろすことに決める。

その富良野の森に、「闇」がまだ残っていた——。1977年のこと。

倉本が富良野人となった40年前も今も、この北の大地は明かりが届かない「闇」がまだ至る所に残っている。その漆黒さゆえ、満天の星が零れ落ちそうな近さで広がる。

実は冬場の真っ白い雪原の夜は、闇にはならない。星影で充分見通しが効く。月影なら遙か彼方の地平線までくっきりと。幻想をリアルに考えても魑魅魍魎も身を潜める闇がないので冬眠するしかないのだろう。雪女の伝説も、東北を北限としているところをみると、北海道の冬は寒すぎるということか。防寒具を重ね着して膨れ上がった雪女では一寸様になるまい。


「北の国から」の舞台になった「麓郷」近くの「布礼別」の谷。ここは、目を凝らしても眼前にかざした手の平さえ見ることが出来ない闇が存在する。五感を研ぎ澄まし、気配を感じることによって、作家の第六感が、ここの闇の向こうに心豊かな「幻想」を垣間見たのだろう。この山里の谷間に、倉本は私塾「富良野塾」を興す。１９８４年４月６日のことである。

自然と共生して初めて成立する富良野塾の生活の中、ここで作家は運命ともいえる〝水涸れ〟に遭遇する。その時の様子を戯曲「谷は眠っていた」から引用する。

塾生「ある日私たちの使っている谷の湧水が涸れてしまいました。水が一滴もなくな

ってしまった。（中略）こういう推理を立てたものがおりました。農地開発を国がすすめて、ここらの森は少しずつ切られてく。森を切るだけじゃない丘を削ってどんどん畑を増やしていくンです。だから地下水がズタズタに切られてここらの水が涸れてしまったというわけなンです。当たってるかどうか私は知りません。でも――」

倉本は常々塾生に「創作は、自身が体験・経験した第一次情報によってこそ」と語るが、生活に欠かせない水が涸れるという環境危機を自身が実体験することによって、都会に住んでいては聴こえなかったであろう大地の悲鳴が倉本の耳に届いた。開闢以来どんな渇水期にも枯れたことのない湧水が途絶えたという事実に秘められている大きな意味。作家の感性はそれを敏感に嗅ぎ分け、森と水、森と空気という、人間が生きていく上で欠かせない森の存在と真剣に向き合った倉本は、これをアイヌの伝説に登場する森の住人「ニングル」に仮託し、「諸君！」（文藝春秋）という雑誌にセミ・ドキュメンタリーとして連載を開始する。富良野の山里で垣間見た「幻想」が、カタチになって動き出した瞬間である。

連載は１９８５年１月号から12月号まで続き、理論社より同年12月に単行本化される。書籍の帯に印字された「倉本聰の〝黙示録〟」――地球の片隅で起こった小さな湧き水の水涸れが、大きな滅びの序曲である、という、作品の性質が良く表されたコピーである。

この85年8月6日には「ふらの森林フェスティバル」が開催される。〝ニングルの森〟と命名された前富良野岳の麓に広がる原生林を会場に行われたこのイベントで、シンボル曲として歌われた作詞・倉本聰、作曲・宇崎竜童の「カムバック　フォレスト」は、そうした倉本が「ニングル」に込めた〝森よ還れ！〟という想いを切実に表現したものである。

『カムバック　フォレスト』

作詞　倉本　聰

昔　神様が　森にいた頃　人は　とっても　やさしい目をしてた
太陽は全てを　緑に染めあげ　水は豊かに　木の根を　流れてた
　あの森は　何処へ　行った　神様は　何処へ行った

あの森は　何処へ　行った　神様は　何処へ行った

昔　子供達が　森にいた頃　木々は　とっても　やさしい目をしてた
鳥も　獣も　僕等のことを　いつも　心から　信じてくれてた
あの森は　何処へ　行った　子供達は　何処へ行った
あの森は　何処へ　行った　子供達は　何処へ行った

昔　平和が　森にあった頃　時計は　ゆっくり　時を刻んでた
遅れる事を　誰も恐れず　遅れたって　それは　恥じゃなかった
あの森は　何処へ　行った　平和は　何処へ行った
あの森は　何処へ　行った　平和は　何処へ行った

COME　BACK　FOREST　COME　BACK　FOREST
COME　BACK　FOREST　COME　BACK　FOREST

あの森は　何処へ　行った　神様は　何処へ行った

あの森は　何処へ　行った　子供達は　何処へ行った
あの森は　何処へ　行った　平和は　何処へ行った
あの森は　何処へ　行った　平和は　何処へ行った

このフェスティバルの第1部・森林シンポジウムで基調報告を務めたC・W・ニコル氏を始めとする環境保全意識が高い作家仲間と共に、93年11月、倉本を議長として「CCC（Creative Conservasion Club）自然・文化創造会議／工場」が組織され、活動を始める。環境保全を啓蒙する講演会を始め、実地にペンをスコップに換え、木を植え続ける作家たちの姿が日本各地で見られた。

86年には、富良野塾1期生の卒塾製作としてラジオドラマが創られ、TBSラジオで3月23日に放送される。原作・監修が倉本。富良野塾1期生と2期生のライター達が脚本・演出を担当し、声の出演は1期2期の役者たち。特別出演として、名優・大滝秀治さんがニングルの長（おさ）を演じた。

「ニングル」に限らず、富良野塾＆富良野GROUPの舞台作品は、先ず「ラジオドラマ」として製作されることが多い。後に紹介する「マロース」も、同じく起点は「ラジオドラマ」である。

特に「舞台幻想」を描こうとするとき、音だけの世界であるラジオドラマは、「幻想」をリアルに表現できる。何より肝心な幻想の部分を観客の想像に委ねることが出来るからである。

逆に、絵で見せれば簡単に説明できてしまうことも、音だけで様々な工夫を凝らして表現することは、クリエイターにとって楽しくてやりがいのある仕事。説明台詞で伝えるなんて野暮な真似は決してしない倉本。だから倉本は、「ラジオドラマこそ、最高の映像表現である」と語る。

倉本のシナリオが、観る者の心にしっかり落ちるのは、上っ面の視覚だけで表現していないこの点にあるものと思われる。

原作本とほぼ同じであるが、ラジオドラマ版「ニングル」から、最後のニングルの長の語りを。——〝森の想い〟の初心である。

長（おさ）　**「森も同じだ。**
森も同じように生きてきたンだ。

彼らも今の森になるまでに、様々な生涯を歩いて来たンだ。

誕生。死亡。別れ。追悼。出逢い。感動。愛と裏切り。怒り。悲しみ。興奮。

怯(おび)え。絶望。

希望。傷心。喪失。

樹たちはそれらを二百年三百年、静かに受けとめ黙々と生き、そうして現在の森を創った。

しかし人間は発達した機械で、わずか十分で一本の樹を倒す。

三百年の生を十分で奪う。

あなた方はこのことをどうお考えか。

感情は人間の固有の持ち物で、樹々にはないと考えておられるか。

だとしたら、それはまちがいというものです。

樹々にも感情は明らかにあります。

彼らは無口です。無口で口下手だ。

しかし——。

人間が社会を作るとき、権利と義務という言葉を口にする。

あれはそもそも人間の言葉でない。

あれはそもそも神様の言葉だ。


神様が自然をお創りになったとき、自然が永続して行く為に、権利と義務という言葉を作られた。

あらゆる動物、あらゆる植物が、自然の中で生きて行く為に、それぞれの権利と義務を持たされた。

今猶(なお)みんなそれを守っています。

守っていないのは人間だけだ。

人間だけが権利のみ主張し、自らの負うべき義務を果たさない。

これは大変まずいことです。

富良野塾と倉本は、オリジナルの演劇作品創りに熱中しだす。
88年「谷は眠っていた」
90年「今日、悲別で」

当然「ニングル」もかなり早い段階から、戯曲化が進められた。
問題は如何に「ニングル」を表現するか?
5年に及ぶ様々な試行錯誤が繰り返された。

最終的に「見せない」で観客の想像に任すという、究極の表現方法に辿りついた倉本の「舞台幻想」——しかし、その想像力のスイッチを入れる様々な「仕掛け」に、考えられる最上のものを用意した。その一つ——少し懐かしい童謡のようなメロディーラインを持つ森山良子さんの楽曲が、「ニングル」の為に創られた。

舞台「ニングル」主題歌「鴨」　作詞　倉本聰
作曲　森山良子　編曲　倉田信雄

「鴨」

作詞　倉本　聰

泣きじゃくる春が　ふと目を覚ます冬の朝に
飛べない鴨が　飛んで行く群れを見送る

あんなにも愛してたのに
あんなにも信じてたのに

今朝は目をそらし　仲間たちと飛んで行く

泣きじゃくる春が　ふと目を覚ます冬の朝に
躓く男が　人の足に踏まれ続ける

あんなにも愛してたのに
あんなにも信じてたのに

今朝は目をそらし　仲間たちと踏んで行く

なぜ君は　知らん顔して
昨日までの　僕を見捨てたのか

一人きりの春が　雪解けの川に流れる

舞台「ニングル」挿入歌「今、思い出してみて」　作詞　倉本聰
作曲　森山良子　　編曲　倉田信雄

「今、思い出してみて」

作詞　倉本　聰

今、思い出してみて　そっと
闇と、　星の夜を
ねぇ今、思い出してみて
時代と、　かえらぬ人を

街はネオンにあふれ
ガラスに音がはじける

でも今、思い出してみて
遠い地球を

今、思い出してみて　そっと
土と　水の匂い
ねぇ今、思い出してみて
風の言葉を

ビルは天を目指し
白蟻がコロンをまく
でも今、思い出してみて
宇宙の寝息を

「ニングル」の初演は、1993年3月、富良野塾第8期生卒塾公演として、スタジオ棟公演9ステージが行われた。最後の公演では、楽曲提供の森山良子さん本人が、生歌を披露！　心に残る最高のサプライズとなった。

1994年から始まる全国ツアー公演は、文字通り日本中を駆け巡る。

1994年2〜3月　全国公演31ステージ

9月　札幌JRシアター公演20ステージ

1995年2月　東京公演20ステージ

8月〜11月　全国公演57ステージ

※8月の4ステージは、河口湖ステラシアターにおける野外公演。

1996年3月　東京公演20ステージ

創立10周年記念

富良野塾公演　１９９４　公演パンフレットより「作者の言葉」

「富良野塾10年とニングル」

倉本　聰

塾を始めて早や10年になる。

その10年に様々なことがあった。

中でも僕にとって最大の変化は、それまで一個の物書きとして、一人きりの人生、いや、女房と二人きりの人生を極めて気軽に送って来たものが、突然幾人ものいわば我が子を持ち、その数が忽ち百余にふくれ上がり、彼らへの責任、彼らへの愛情を暮らしの中の大きな部分として否応なく持たざるを得なくなったことだろう。

創作者としての僕の状況もそれ故に当然大きく変わった。

テレビに育てられ、テレビで生きて来た30年の僕の暮らしから、哀しくテレビが一歩遠去かった。

このことの背景には正直云って、テレビを取り巻く今の諸情勢と、世代の交代という明白な事実がある。

老兵は消えゆくのみ。と僕は思わない。

たとえ敗惨の身をさらしても現役を貫く老兵の姿に僕の美学はむしろ同調する。

しかし一方で今のテレビが否応なく作って行く一つの現実。

局が、視聴率という怪物の肥大化が、僕ら創作者と観客の間にどんどん壁を作りつづけ、為に僕らに観客というものが段々見えなくなって来てしまった。そういう事実が僕らを萎（な）えさせてしまったということがある。

僕は観客を見たいと思った。

観客の息づかいを真近かに感じたかった。

かつて僕らが小さな観客から、正直で空腹な少数の客から、しかし明確に受けとめていた反応。

その原点に戻りたいと思った。

舞台の世界に帰って来たのは、多分そこらに大きく起因する。


「ニングル」は富良野塾の暮らしから生まれた。

ある夏、塾地とその一帯に思いもかけない渇水がおこり、開拓期以来の湧き水が涸れた。その原因を探っているうちに、僕はいつのまにか森を歩いていた。そして次第にその奥へ分け入り、森というものへの見方を変えていた。

文藝春秋社の雑誌「諸君！」に初めて「ニングル」（正しくはアイヌ語にグという発音はない。むしろクに近い発音である）の連載を始めたのは1984年のことだったと記憶する。アイヌ民話の伝説の森の民ニングルについての文を書くうちに、読者からの投書が寄せられ始めた。その中には過去に実際にニングルに出逢ったという体験談がいくつかあり、その目撃者から直接話をきくことも出来た。その一人は当時富良野市の島ノ下に住んで農業を営んでおられた老婦人だったが、おどろいたことに目撃場所は西布礼別の塾地のすぐそばであったり、しかもそれ以上におどろいたことはそのニングルの詳細な衣装だった。それまで僕はニングルの身なりを、漠然と北欧の伝説に出てくるノームのような姿と想像していたのだが、婦人の遭遇した小さなニングルは、なんと、裃をつけ、下駄ばきだったというのである。しかしそれらの真偽の程はいい。

何より僕にとって重大だったのは、この物語を書くことにより、僕自身自然への無限の勉強を知らぬ間にどんどんさせられたことだ。

殊に自然と共生していた頃の、共生の為の人間の知恵。

先住民の生活態度から、特にその多くを僕は学んだ。

この物語を舞台化しようと考え始めたのは既に5年程前からである。仲々作業がはかどらなかった。体長わずか10数センチのニングルを如何に舞台に登場さすか、そのことにこだわり泥沼に落ち込んでいたからである。

去年一つの発想がはじけた。

「真実」と「勇気」。

そのことをモチーフに、今日の利害に捉われて明日のこと未来のことにフタをする、我々の生き方を問いたいと思った。

恐らくニングルはそのことを云はす為に、僕の筆先に座ったのだと思う。

富良野塾ＪＲシアター公演１９９４パンフレットより。

萱野　茂　対談　倉本　聰

「ニングル」……アイヌ語で〝ニン〟は縮む、そして〝グル〟（濁音のないアイヌ語では正確には〝クル〟である）は人を表す。

直訳すれば「縮んだ人」。

この舞台の大きなテーマの一つである環境問題を考える時、アイヌ民族が古来抱き続けた森や山や川という『自然』に対する考え方、付き合い方の中にその問題の解決の糸口を見つけることが出来るのではないか。

彼等アイヌ民族が先祖から受け継いできた「知恵」とは何か、彼等にとっての「自然」とは何かをうかがうため、7月某日、倉本聰は平取（びらとり）町の二風谷（にぶたに）に在住される旧知のアイヌ民族の民俗学者、萱野茂（かやのしげる）氏を訪ねた。

萱野　「カントオロワ ヤクサクノ アランケプ シネプ カ イサム」という言葉がアイヌ民族にあります。「天の国から役目無しに降ろされたものは一つも無い」という意味です。

たとえば兎が木をかじる、そのために木が枯れる、これは間伐の役目。鹿が角を研いで木が枯れる、これも間伐の役目。リスが秋にクリやクルミの実を土に埋める、その埋めた実のいくつかは忘れてしまう、これは逆に種蒔きの役目。森の中に無用の物は無いという諺なんですね。

倉本　それはほんとうにそうですね。そう思います。

僕は富良野に小さな、本当に小さな森を持っていて毎日見てるんですが、何年かに一度、熊笹や木に絡まった蔦なんかを整理するんです。あんまり木が苦しそうなんで。そうするといままで熊笹の下に隠れて見えなかった土から若木の芽が本当に気持ち良さそうに伸びてくるんです。

でも一方ではこの熊笹にもきっと何か役目があるんだろうという気持ちもあるんですね。

萱野　そう、一見邪魔なだけに見える熊笹も丈夫な根を張り、土壌の流失を防ぎ黒土を増やしてくれているんです。そして何年かに一度、熊笹はきれいな花を咲かせた後ですっかり枯れてしまいます。その時が森の再生の時なんですね。

以前テレビで毛沢東の間違いという話を見たことがあるんです。スズメが増えて米を食い荒らして困るので、中国の国内でそれこそトラックに何杯ものスズメを退治したらその後何年間か今度は虫の害の方がひどかった。

つまり、人間は自分の都合だけで物事を考えるけど神様はちゃんと皆に役目を与えているということなんですよ。

※

倉本　昨年（1993年）僕はカナダのハイダインディアンという先住民の住む土地に行って何日かキャンプをしてきたんです。そこは地図にはクィーンシャーロットと書かれているんですが彼等ハイダ族はそう呼ぶと怒るんですよ、「ここはハイダグワイ、ハイダの土地である」と。

ところがカナダ政府はそこを勝手に国有地にして、ある時、一部の木を伐る権利を木材会社に売ってしまった。

我々を案内してくれたグジョーというハイダインディアンもその反対運動の闘士だったんです。

その彼等の聖地ハイダグワイでは太古の原生林がそのまま残っていて、彼等はその深い森で狩をし、川や海で魚や貝を獲って暮らしているんです。

グジョーと何日か一緒に暮らして新鮮だったのは、彼らには土地を所有するという考え方がないんですね。先祖から受け継いだ「トラップライン」というものがあって、そこは「自分が罠を掛けて良い場所」ということなんです。

土地はあくまで神のものであって我々はそれを借りているにすぎない。

自分の山や川や森を維持しながら継承していくという考え方でこれには非常に感心したんですが。

萱野　それと同じかどうかアイヌには「アコロ　イウォロ」という言葉があるんです。

「私達の持つ狩場」という意味で「ここは俺の『イウォロ』」というと「俺がここ

で獲物を獲るぞ」ということ。

私は昭和十六・七年に測量人夫をやって今の新冠(にいかつぷ)川の上流に入った時、坂本三太郎というアイヌ人がそこにいたんです。クチャチセという、漁の為の仮小屋が測量テントのすぐそばにあったんですが私はこの人に可愛がってもらって色々教えてもらいました。

ある時、一本のアカダモの木の前に連れていかれて「見てみろ」と言われたその木を見ると下の方がウロ（洞）になっているんです。そこに一升瓶が入れてあって中にはひえがぎっしりつめてあったんですねえ。「ここは俺のイウォロだから山で迷った時にはこれを食え」と教えてくれたんです。

倉本　いつ頃までそういうものは守られていたんでしょうか。

萱野　そうですねえ昭和三十年くらいまではあったんじゃないでしょうか。

倉本　すると明治の初期、所謂倭人が移住してきた時には？

萱野　そう、その頃はいたるところにあったんです。

※

倉本　以前、萱野さんにアイヌの人達の暮らしは自然の利子で食っていく、元金には手をつけないというお話を大変感心してうかがったんですが。

萱野　そう、決して自然そのものを破壊するようなことはしない。例えば秋アジを獲る時が典型なんだけどもアイヌは九月の三日を松茸と秋アジの初漁といってたんです。産卵前のサケは脂がのっていて腐りやすいからその日に食べる分しか獲らない。それまでの七・八月はサキペ、つまり「夏の食物」と呼ばれたマスを獲っていたんです。そして九月になって冬の間の保存用に沢山欲しい時は産卵を終えた後のサケを獲るんです。

倉本　それはホッチャレですか？

萱野　そうです。そのほうが脂気が抜けて魚も傷まないで保存に向いているし、産卵が終わっているから四年後にはまた川に大きくなって戻ってくる。自然の摂理に従っていたというか従わされていたんですね。森の木についても同じことなんです。オヒョウやシナの木の皮を剥いでうるかして紐を作ったり、繊維から着物を作ったりするときも一本の木の皮の表面の三分の一しか取らない。そして取った皮の一部で残りの皮が剥がれないように帯をしておくんです。ついでにタバコひとつかみ、ひえひとつまみをお礼に置いて「木の神様、あなたの着物の一部分をアイヌである私は必要として頂きました、神様の力によって再生して下さい」と祈るんです。

それにしても着物なんていつも作るわけでなし、クチャ[*]を作るのにほんの少し木を伐るくらいで山を痛めるということはほとんどなかったんです。

倉本　外国に「川は手紙である」という言葉があると聴いたんですが、アイヌ語の中にそういう風なものはありますか、つまり川をみていれば山や森の状況がわかるというような。

萱野　いいえ、諺としてそういうものは知らないんですが父親と川に刺し網を張っているときに「ウドの実が黒くなったから山へ行ってくる」と言って父がマスを獲りに山に入っていったのをよく覚えています。あれも流れてくる落ち葉や木の実なんかで自然の時間を測ってたんじゃないかと思いますよ。

倉本　それは一人で?

萱野　ええ、一人っきりで。「ペイソこしらえ」って米と味噌のことなんだけども用意させて、腰に付けて一週間くらい山に入って、帰りは筏を組んでそれに獲ったマスを載せて川を下って来たんです。

倉本　このあたりの川でも筏で下れたんですか?

＊クチャ＝アイヌ民族の作る自然素材の仮小屋

萱野　そう、私が初めてここに家を建てたのもその筏を壊した材料で作ったんですよ。だから、アイヌの暮らしは山さえあれば鹿が獲れる、熊が獲れる、肉を食べて毛皮は衣服にする。川さえあれば春にはウグイ、夏にはサキペと呼ぶマスそして秋には秋アジが獲れる。

生活していくのに困らなかったんです。

なんでも自分達で工夫して作ってしまいますからね。

昔の人の知恵というのは中には非常に面白いものがあって、アイヌに鹿のもみ皮作りというものがあるんですがこれが大変変わった作り方をするんです。

倉本　へぇ、それはどういう？

萱野　ええ、鹿を獲って皮を剥ぎますね、その毛のついたままの皮を縄で縛って便所の中に入れておくんです。

倉本　便所って、人糞の中にですか？

萱野　そうです。それで夏なら一週間くらいで上げて水をかけて足で踏むと毛はすっかり抜けてきれいな鹿皮になっているんです。

倉本　一体誰が考えたんでしょうねェ。（笑）

萱野　私は実際、十年以上前に自分でやってみたんです。弟が鹿を獲った時に毛皮をもらって乾かしておき自分の家の便所に放り込んでみた。でもねェ、なんぼ自分の家の便所でもちょっといやでしょ（笑）、上げるのは明日にしよう明日にしようって一日のび、二日のびして、十日目に上げてみたらこれが縄だけ。皮は完全に溶けてしまったの。

倉本　ほう、そうなんですか。

萱野　それで次の年の夏、ようし今度こそはって、毎日少し上げてみて確かめながらやってみたの。そしたら、一週間で毛がズルズルきれいに抜けて、それを水洗いして乾かすともう立派な鹿のもみ皮。それを衣服に使えば保温性抜群、通気性抜群、今の化繊なんかかなわない。

倉本　それは初めて聞きました。鹿だからでしょうか？　例えば羊なんかだったらどうなるんでしょう。

萱野　多分同じでしょう。

倉本　そうかいいこと聞いた。塾に今、今年の原始の日[*]に使った羊の皮が一頭分あるから今度やってみよう。（笑）

※

倉本　次に少しアイヌの人達にとっての神という概念についてお聞きしたいんですが、例えば山は神ですよね。

萱野　そうです、山も川も神様。これは両方ともアイヌに食料を供給してくれるからなんです。
熊を神とよぶのはもうひとつ、人間より強いから。フクロウも神なんですがそれは彼等が夜、音も無く飛び、獲物を捕まえることができるから。
人智を越えるものは神、当然、人を暖めてくれる火も神様。

倉本　前に火のことを「オコッコ アペ」と言ってらっしゃいましたよね。

萱野　ああ、あれは直訳すると「化け物の火」僕の造語なんです。
いつか原子力のことを聞いて誰かがアイヌ語で原子力のことは何というのか聞いたので、それは「オコッコ アペ」だと言ったんですよ。アイヌ語には昔から「パシクル アペ」、カラスの火という意味なんだけど、夜腐った木の根元が光ることをそう呼んだんです。
その言葉が頭の中にあったんで原子力のことはすぐ「化け物の火」だと。

倉本　「パシクル アペ」とは何ですか、例えばキツネ火のようなものなんでしょうか？

＊原始の日＝入塾式の後、文明の利器を使わないで過ごす１日

萱野　うん、科学的なことはよくわからないんだけど青白い火が夜森の中で光るの。

倉本　ヒカリゴケのようなものなのかなァ。そういえば、ハイダグワイに行ったとき森の中を通ったら、けものみちのような小道の両脇に貝殻が点々と落ちてたんですよ。

何なのかなあと思ったらこれが帰りにすっかり日が落ちてから通るとまるで飛行場の誘導灯のように光るんです。

グジョーに聞いたら、先祖が鷲から教わったと。

鷲がアワビを採ってきて木のうえで食べて貝殻が落ちる、それが夜になると光るのをみて先祖が思いついたんだと。

萱野　結局、先祖の知恵というのは自然の中でいかに生きていくかという類いのものが多くて、神というのも人間の生活、つまり命を守ってくれるものなんですね。

具体的には、自然という形をとっているけれどもアイヌは、それを侵してはいけないものだということを本能として、そして教えとして知っていたんじゃないでしょうか、自然を壊すことが結局自分たちの首をしめるということを。

自然の中で暮らしてきたアイヌには「食べることに困らないということが一番の幸せである」という考え方があって、古い諺に

「ネプ　アエ　ルスィカ
ネプ　アコン　ルスィカ
ソモ　キノ　オカアン」

という言葉があるんですがこれは「私は何を食べたいとも、何を欲しいとも思うことなく暮らしている」という意味なんですね。

倉本　「満ち足りている」ということなんでしょうか？

萱野　そう、言ってみればアイヌの究極的な幸せの言葉なんです。物語の一番最後には必ずこの言葉を付けて人間の限りない欲望を戒めたんでしょうねえ。

対談後記

倉本　聰

萱野さんは、自然に関する、というより生き方に関する僕の師匠である。

萱野さんは、決して大声を出さず、いつも静かに吶々（とつとつ）と語られるが、その言葉の持つ凛たる哲学は、大地の匂いと先祖たちの思想で僕の心を常に包みこむ。

自然との共生、環境問題を考える時、彼ら御先祖の生きてきた時代の哲学に真摯に耳を傾けることこそ唯一の解決の道ではないかと、僕は真剣に考えている。

１９９４年、95年、96年公演のパンフレットより、製作日記、演出ノートを時系列でまとめた。長い引用になるが、作・演出倉本聰のその折々の思想に触れることのできる貴重な資料である。記録は１９９２年より始まる。

1992年

□かねてより懸案だった「ニングル」舞台化に先立って、そのシーンを試作し、在塾生に演じさせてみる。
15センチのニングルの登場を断念し、二人の人間のドラマとする。
真実に従うものと現実に従うもの。
真実を心で判っていながら現実に従って真実を捨てるもののなんと周囲に多いことか。ドラマに成り得る感触あり。

□全体の構成、大枠で出来上がる。言いたいことが多すぎる。

□交代制で役者を家に呼び、1シーンずつ練り上げ演じさせる。スカンポ役の香川、良い味を出し始める。

□第1稿完成。第8期生卒業公演として3月、塾スタジオで上演を決める。

1993年

□「谷は眠っていた」「今日、悲別で」。塾で創って来た、あくまで簡素に、単純明快な作劇法の延長線上に、この「ニングル」の舞台を置くこと。

□'93年3月、「ニングル」原型を塾スタジオで試演。十日間。農業問題を扱っただけに、農家の方々の反応気になる。
折からスキーシーズンの為、北の峰のホテル、民宿にたのみ、スキー客を夜、塾地にバスで送りこんでもらう。勿論近隣の農家さんも。

入場料千円。

終演後稽古場にバーをしつらえ、見て下さった観客と役者スタッフの意見交換交流会、連日。

様々な意見出て参考になる。

台本の弱点、再考箇所、連夜メモする。

各地より招へいの声かかり来年春の本格公演へ向け、準備始動。

まず台本の直しから。

□'93年6月、原始の森を見る為、カナダ、ハイダ・グワイ行。
スタッフ野村、小林、役者熊耳、森上、香川同行。

屋久島を大規模にしたような、苔におゝわれた原始のレインフォレストに圧倒される。

成程、此処ならニングルも棲める。

□美術についての考察。

ハイダ・グワイでの太古の森を参考に。
サルオガセの表現、どうするか。
試演では現実のこくわ*のつたと、毛糸を用いてセットを作ったが。

□スタッフへの確認と厳命。
金を使おうと思うな。知恵で切り抜けろ。
元々金はないンだよ。
まづ自然から探してこい。
次に廃棄物の山から探せ。
即ち早く云やぁゴミ捨て場だ。

□'93年10月「谷は眠っていた」旅公演中、山口県岩国で女房と繊維工場を見学する。
布を機械で織っている。
水力で横糸を次々に飛ばし、下りてくる縦糸と織りこまれる仕掛け。
女房、一ヶ所で動かなくなる。
僕も同じ場所で動かなくなる。

＊こくわ＝サルナシの古名

布の両端が約三センチずつ、切断されて長い紐状になり、段ボールの箱へズンズン落ちて行く。

この端切れはどうするのですかときくと、毎日焼却致します。一日に段ボール八箱は出ます、とのこと。

思はず吃(ども)って、ク、下サイ！

段ボール十箱分送ってもらう。

恐らくこれはサルオガセになる！

□端切れのサルオガセ、塾に着く。

野村早速実験を始める。

染色。各色に、グラデーションをつけて。

中々良い！

□'93年11月。CM監督の為東京黒澤スタジオで仕事。

黒澤明氏とコンビを組む名照明家佐野武治(たけじ)氏との仕事はいつも必ずいっぱい教えられる。

今回教わったこと。

闇の表現。黒バックでなく赤バックにし、その少し前に紗(しゃ)を置く。紗と赤バックの間にかすかな照明を流す。

もう一つ。

植木と植木鉢を真白に塗り、そこに淡いグリーンの照明を当てることで、現実の緑より不思議な効果を生んでしまう。

佐野先輩。一ついただかせて下さい。

□今回は三枚の紗だけで舞台を構成して行きたい。
後は小道具。

野村、古い紗を千切りまくり、周囲をロープで丹念にかがって、イメージ通りの、いやイメージを超えた森の感じを作ってくれる。

今回はこれを左右に動かす。即ちカーテンのように上手(かみて)下手(しもて)に自由自在に移動させたい。

カーテンレールを吊るバトンと、照明バトンの相関関係はどうなるか。

□台本と格斗。
思えば思う程修正箇所が無限に増えてくる。

昔どこかで聴いた言葉。

人対人のドラマがまずある。

人対自然のドラマが次にある。

人対神のドラマが最後にある。

□塾のスタッフ白井に話をきく。
白井は塾の3期生。

俳優としての才能は卒塾生中でも五指に入るが、塾運営の為の農地経営を拝み倒して引き受けてもらった。彼は今や6町４反の塾畑「白井農場」のオーナーである。

彼は今農民の現実と苦痛を連日連夜味わっている。

彼の話に心が震える。

こうした当事者を心底納得させ、心底捕え得るドラマを創らねば、ここで創作する意味はないのだ。

□映像を見慣れた観客に対する映像的な舞台表現。たとえば映像で云うパン、オーバーラップ、ワイプ、等々の技法。それをどのように舞台に持込むか。
スローモーション、ストップモーション。役者の肉体でそれをやって来た。今回は加えて装置の移動。

□黒澤スタジオで見せてもらった、黒澤先生の絵コンテ（コンテと云ったってこれはもう名画だ！）に刺激され、自分もイメージを絵にしてみようと描き始める。
絵を描くなンて小学校以来デス。イヤ下手なこと下手なこと！
しかし楽しい。限りなく楽しい。
パステルを買いこむ。
役者に「動くな！」と命令してデッサン。
深夜、女房、娘にも「動クナ！」

□ニングル。その具体像を人はどのように心に描いているのだろうか。
個々の観客が脳裏に描いているニングル像を大事にしたい。

実はこの舞台と別に人形作家与勇輝（あたえゆうき）氏が彼のイメージするニングルの人形を作り、

僕が一つのシナリオを書いて「ニングル」というフォトストーリーが出版される。これはこれで仲々素晴らしい出来なのだが、ただこの与さんの人形を即ニングルと断定されても困る。

ニングル像はあくまで観客の想像にまかせたい。故にこの舞台の宣材関係と一切切りはなしてもらうことにする。

□一驚すべき情報入手。

先住民の研究家であるカナダのベスよりファックス入る。

何とオーストラリアの先住民アボリジニの伝説の中に、全く同じ〝ｎｉｎｇａｕｉｓ〟という小人間が存在するという。

呆然。

１９９４年

□音。

苦労する音がいっぱいある。

無数の鳥が集団自殺する音。

空から星の降ってくる音。

更にニングルの長（オサ）の発声。

それらの音の制作をどうするのか。

□木太鼓の合奏。
これも大きな難題の一つ。

実際の木を叩き生の音を出す。

その練習は既に昨年から重ねているが、只の丸太では面白くない。

去年の初冬原始ヶ原の登山道へ入り、沢筋に散乱する流木の中から目ぼしいものを搬出して来た。単に搬出といってもやたらに重く、凍てつく川を運ぶのに苦労した。

更に。

この材に響きの為の穴をうがつ。

既に過去数年、塾ではこのような木太鼓をチェーンソウで穴を掘り何個も制作しているのだが、チェーンソウで彫るとどうしても木目を無視してカットしてしまう。

今回は手間はかゝるがノミによる彫穴に挑むことにする。

□仮面の制作。
木の精の面作り。木材の丸みに油粘土を張りつけ、そこに石膏を塗りつけて型をとる。その内側に紙（段ボールの細片。卵のケースの荒紙最適）を貼りつけて崩れないように針金で枠づけする。

在塾生たち拙宅へ来て、半分徹夜でその作業をする。（この仮面、結局稽古期間中に使用せぬことに決定。）

□さて稽古の方。
日々進んでいる。1月7日、交通整理的にはほゞ完了。愈々これから一ヶ月、演技演出的細部に突入する。

□富良野文化会館での初日。降りしきる雪の中超満員の客。
一先ず大成功！
乾杯。
この後札幌で5日間、東北、東海、関西、名古屋と旅し、3月末まで旅公演。

□旅公演終盤。

役者、スタッフ（塾生、卒塾生）に今秋札幌ＪＲシアター公演に参加するか否かを確認する。

何人かのキャストが不参加表明。ショックを受ける。

塾は劇団ではなく、養成機関だから束縛する権利は何もない。しかし、夢追う若者たちが〝地方より中央を〟指向する姿勢には、毎度のことながら空しさを禁じ得ない。

□旅公演について廻って現実に確認した観客の反応。そして自己反省。

口惜しくもあるが認めざるを得ない多くの欠陥の修正作業に入る。

まず台本の書き直しから。

かねがね心に決めていること。

〝現役とは今、変革しつつあることである。

変革することは成功50％　失敗50％。

50％の失敗を恐れてはもはや現役ではなく退役である。

敵は昨日の自分しかないのだ。〟

□某テレビ対談で椎名誠氏に言われたこと胸に残る。
〝自然の中にあるものは不定形。

人工のものは定形である。〟

不定形の舞台をあくまで目指さねば。

□在塾生1名、退塾を申し出る。
今回在塾生にもチャンスを与えようとオーディションによって何人かを採用した。

採用されぬものは塾の日課たる援農作業を努めねばならぬ。

ここらの問題はかなり微妙である。

引きとめることも出来ぬし、引きとめる義理もない。しかしいつも思う。向こうは勝手に辞められる。こっちは疲れても辞められぬ。

不公平。

□舞台面での今回の課題。
自然の中の気象の表現。

舞台平面（足もと）の充実、季節感。

文明が都会の舞台に味方するなら、我々地方発の素朴な舞台には自然が知恵を貸してくれる筈。

借りよう。

□1週間の休みをもらってロンドンに勉強に。中5日間の滞在中7本の芝居を見る。
疲れた！

今回ロンドンでショックを受けたこと。ミュージカル「ミス・サイゴン」の為のオーディションが年1回あり、合格者がミス・サイゴン・スクールというのに入れられる。

そこで2年間トレーニングし、その中からオーディションで舞台に採用される、という話。

ああ
彼我の差！

□照明あかり組の面々入富。

服部基（もとい）氏からアイディアをもらう。服部、山口両氏、森を見る為東大演習林に入る。

光と影。そして色彩。

発信する前に受信して欲しくて。

□東京よりのニュース。
某有名劇作家氏、脚本間に合わず、又も初日の幕上らぬという事態に。

心の底より怒り涌く。

切符を買っている観客への迷惑。役者への迷惑。スタッフへの迷惑。もろもろへの迷惑。そのことを彼はどう思っているのか。

しかも彼は何度も同じ犯罪を犯している。

なのにどうして制作者は彼を使うのか。どうして出来上がった台本を見、その出来栄えを確認し、それからスタッフ、役者を集め切符を売るということをせぬのか。

マスコミはどうして面白がるだけでこの男の犯罪を糾弾せぬのか。

東京だから有名だからこれが許されてしまうというのか。

こういうことが日本の演劇界を如何に害しているかということにどうして誰も真剣に怒らぬのか。

□札幌ＪＲシアター公演幕閉じ、そのまま再びカナダ・ハイダ・グワイへの旅に出る。
もう一度太古の森が見たくて。

ハイダの親友グジョーとの、船とキャンプの数日の旅。

□鮭の溯上を見に行って熊に遭遇する。その間15メートル。熊としばらく目を交わす。
体長2メートル。意外と恐怖湧かず。

熊、目前で川にとびこみ鮭をとらえて食い始める。

その残骸をハクトウワシが狙う。産卵して命絶える鮭の遺骸をカモメがレイバン（渡りガラス）が求めて集まる。

シーカヤックで湾を廻ると川口から鮭の遺体から生じた白い汚濁が海へ流れている。

これが海の栄養素となるのだ。

森では朽ち果てた倒木を栄養素に種が芽吹いて大木となる倒木更新。

この地では全てが未来へ見事につながっている。

ヒトは今未来へつなげているのか。

子供に財産を残すことが未来へつなげるといえることなのか。

□大晦日、紅白歌合戦の裏番組でLFよりラジオドラマ「ニングル」を出すことになる。
塾の2期生のライター吉田紀子とラジオドラマ用脚本完成。
ユタ：時任（ときとう）三郎、才三：中井貴一、ミク：森山良子のキャスティング。

1995年

□1月2日より稽古、開始。
大晦日、僕は還暦を迎えた。
本卦還りで零歳になった。
稽古初日よりエネルギー充ちあふれ、鞭と罵声をふりまくこととなった。
暮より入富した坂本長利（ながとし）氏、塾生の特訓してくれる。
□ラジオドラマの執筆のおかげで、戯曲に新たな改訂の要見つかる。
台本に手を入れる。

□初期より塾の最も世話になっている農家のAさん離農。
20町歩の農家だった。

規模の拡大。機械の導入。天候の不順。全てが祟った。ひんやりと寒い彼の家で話した。

あんなに毎晩、いや明方まで、一人黙々と働いていたのに。

「もう夜逃げしか考えられんのだわ」

まさにその部屋にユタがいた。

初めての「ニングル」の塾公演に近所の農家さんを誘い合わせて、真先に来てくれた彼だった。

いつまでも手を叩いてくれた彼だった。

鼻の奥底がツンと凍った。

□河口湖ステラシアターに於ける「ニングル」初めての野外公演初日。
この日より足かけ４ヶ月に及ぶ長い『ニングル』ツアーが始まる。

今回は北海道の各地から始まり、長野、中国、山陰、九州を歩く。

野外劇には諸々の制約がある。

まず劇場のように天井がないから、いわゆる吊り物を吊す事ができない。

この舞台では深い森を表現するためのサルオガセの吊り物が唯一といっていい舞台装置だったのだがこれを用いることができない。

代りに移動する樹・をタワーで作る。

合計6本。

それぞれの中にスタッフを入れ、劇の進行と共に縦横に動きまわらせることにする。

野外の利点は本物の水を使えること。

平舞台に土や石を運び、本物の川を作らせる。

開発のシーンでは本物のブルドーザーを登場させこの川を滅茶苦茶に壊してしまう。

建設省のやり方を大いに学ばせていただいた。

舞台を作りながら色々なことに気づかされた。

改めて思う。

森のドラマは、水のドラマなのだ。

□広島公演。

この舞台の旅と連動して、倉本が理事長をつとめるCCC（自然文化創造会議＝メンバー、C・W・ニコル、椎名誠、立松和平、野田知祐（ともすけ）、稲本正）の環境問題の活動が各地で開かれている。

広島では大阪営林局と連携して宇品（うじな）の森のゴミ拾い。役者、スタッフも加わって働く。

心地よい汗。

□上越市。
台風くずれの激しい雨。

夜、到着後間もなく富良野の塾より緊急電話入る。

人参工場で働いた塾生（役者、女性）がベルトにまきこまれ右手人差指中指の2本を切断したとのこと。

翌朝5時にタクシーをたのみ、上越より新潟空港まで3時間の道を雨の中走る。

飛行機にとびのって札幌へ。札幌より再びタクシーで富良野まで3時間半。

気丈な彼女は右手を抱え、「御迷惑かけました」と笑ってみせた。

云う言葉なし。

□山口県徳山市公演。

富良野塾の旅は、各地に出来たサポーター組織の応援によって成り立っている。

この前徳山市のみだった組織が今年は宇部、下松、岩国の4市に拡がっていた。

中心人物は徳山市役所の職員Mさん。

山口公演最終日とあってこの日4つの市のサポーターが集まり町工場を一つ貸し切って打上げ慰労会をやって下さる。

挨拶に立ったリーダーの一人、スピーチをしながら突然泣き出す。

彼は実は人工透析をずっと受けつづけているのだったのだ。その体で3ヶ月以上に及ぶこのイベントを成し遂げることが果たして出来るか、最初は随分辞退したという。

しかし、成し遂げた今自分の中に自信が湧いたという言葉。

胸が熱くなる。

そういえば岩国の主催者も車椅子だった。

カーテンコールのステージ下に胸に花束を乗せて、とって下さい、といった重障者ベッドの観客もいた。

山口の仕掛人M氏の凄さは、我々の公演を援助してくれつつそうした地元のハンディある人々に夢と自信を与えつづけたこと。

脱帽。只々頭が下がるのみ。

□何人かの役者の芝居に、ある種の惰性が芽生えている。
そうでない役者も中にはいる。

連日確実に上昇しているもの、民吉役の坂本さん。かや役の千絵。民三役の熊耳。

見るのが気の重い、というかいくつかのシーンが僕の気持の奥底にある。

原因は何か。

脚本か、演出か。

宿で考える。

長いツアーに付き合うことは、連日作品を推敲することだ。

脚本を書くとき書斎でする仕事を、こうした長い時間の中で連日連夜考えられることは、まことに得難い勉強の時間である。

ドイツの作家ヴァイゼンボルンが、創作についてこう語っている。

我々は望遠鏡を時にはさかさまにして見る必要がある、と。

たしかにアップで見過ぎてしまうと、全体の視野を失ってしまう。

アップの視線とロングの視線を交互に自分の中に持たねばと思う。
特に演出家、作家の場合は。
苦吟の末に欠陥部分見つかる。
改稿。
明朝、緊急集合を塾生たちにかける。

□そろそろ旅が終りに近づいている。
役者ヤマの御母堂死去。
舞台に穴をあけるわけにいかず、彼は通夜にも帰ることが出来ぬ。
大丈夫です、とヤマ。皆にはこのこと伏せといて下さい、と。
楽屋から見える裏の河原にヤマが一人立ちそっと泣いている。

□来年度シアターコクーン再演についてこのところ連日考えている。
再演は決して続演ではない。
どこをどのように変え、よりよくするか。
キャストの問題に頭悩ませる。

河口湖公演の際の野外の迫力が頭のどこかにこびりついている。

あのときは本物のブルドーザーが出せた。

又、実際に本水が使えた。

水をモチーフに演出したことは正解だったと改めて思う。

この劇のモチーフが森と水である以上、水を演出のポイントとすることは、コクーンのテーマにせねばならない。

一方で。

塾の芝居は「谷眠」「悲別」殆ど装置というものを使わず、そのことで逆に観客の想像力を刺激することに成功してきた。

豪華絢爛たる大がかりな装置や仕掛けに頼ろうとするのは、そもそも我々の初心にそぐわない。

ではその中で水の問題をどのような形でアピールすればよいか。

たとえば。

この春阪神大震災のあった朝、塾は「ニングル」の稽古中でOB達が富良野に戻っていた。

関西出身者が中に数人いて実家と全く連絡とれず、カンパニーは一種のパニックに襲われた。

殊に澄人の実家のある神戸市東灘区はテレビで見ても壊滅状態で、あの高速道路の倒壊現場から歩いてすぐという彼の生家には老父が一人生活していた。その父親の消息が全くつかめなくなってしまった。

父親とはそれから数日後やっと連絡がとれ、生家がつぶれ避難所にいることが確認できたのだったが。

あの災害の神戸の街で、人々はまず水を求めた。水を求める人の列が出来た。ヒトは水なしには一日も生きられない。都会に住む人の必要な水の量は一日400リットルといわれている。風呂桶いっぱいの水である。それがないと暮せない。

しかし。

石油は1リットル約100円。それに対して水は殆んど只である。

だから石油の方が大事に見える。

しかし我々は石油なしに一日を過ごせても、水なしには一日も暮せないのだ。

そしてその水がどこから来るのか。

水道局からでもダムからでも、給水車からでもない、森から来るのだ。

しかしそのことを都会人にきいても殆どの人にその意識がない。

たとえば講演会の会場で東京の水源林はどこですかと訊ねても、答えられる人は皆無に近い。だから森を伐る恐ろしさを誰も真剣に考えようとしないのだ。

ニングルたちの警告に村人たちが耳を貸さなかったように。

□名古屋でこの旅の全行程を終える。
シアターコクーン公演に於いて、ユタ役に布施博を起用することを発表。

塾の芝居で外部からの起用はこれで通算４人目になる。

これまでも外部の血を取り入れることが、カンパニーに良い結果をもたらして来た。

今回もそうなってくれることを祈る。

□富良野に帰りついて数日が経つ。
旅の間に音の悪くなった木太鼓の新しい素材を仕入れなければならぬ。

この前、道北の巡演の間に、留萌（るもい）から苫前（とままえ）に到る海岸線に無数の流木が漂着しているのを確認しておいた。

それをとる為に2台のトラック、2台のジープに分乗して出かける。

雪雲。

目的の海岸線が雪に覆われていなければよいが。

苫前町役場のサポーターの人と待ち合わせ、海岸線を見て歩く。

あれから何度かシケがあったらしく、海岸の様相かなり変わっている。

しかし流木はいっぱいある。持参したバチで一々木を叩き、良い音の出るものを選別する。

ユニックのクレーンを使わねば上がらぬものも数本。

これは良いなと思っても、既に他人がツバをつけてるものは触るわけに行かぬ。

面白いことに流木拾いにもルールがある。

その木にチェーンソウの跡があったり、何か板切れを打ちつけてあったり、或いは一ヶ所に集めてあったり、そういうものは〝もう既にツバをつけましたよ〟ということで、他人は触ってはいけないことになっている。

寒風と小雪にちぢみ上がりながらこの日の収穫トラック2台分。

片道3時間の山道を帰る。

□札幌・小樽を中心に50年ぶりの豪雪だという。
富良野も久しぶりに凍結する。

水が凍って氷になる。
これは内地的発想だ。
この土地ではそうは云わぬ。
氷が解けて水になる、という。
氷がまずある。水より前にある。それが解けて初めて水になる。
それが北海道の発想なのだよと以前誰かに云われたのを思い出した。
この表現が舞台で出来ないか。
たとえば「凍結」。
凍結する人間。
どのようにすれば表現できるか。

1996年

□塾では卒業公演の「今日、悲別で」のリハーサルが去年の暮れから始まっている。
「ニングル」演出の新しいイメージを求めて、絵コンテ描きに没頭する。
特に照明のイメージ作り。

去年の舞台での反省点。

自然を描く舞台の筈なのに、太陽光線が四方から射すこと。

これを一方向からのものに出来ないか。

たとえば光源を移動さすこと。

できないことではない筈だ。

□美術担当野村のセット模型できる。
今回はオガセドロップを４枚使う。

岩国義済（ぎせい）堂ソーイングより、製布工場で出る布の端切れ、又ダンボールで数箱送ってもらう。

染色、貼付け、野村グループの作業、以前よりはるかにうまくなっている。

□野村たち、木太鼓づくり。
苫前で拾ってきた例の流木たちにチェーンソウを使って切り込みを入れる。

川の流木とちがい海の流木ははるかに年月が経過している。

前のものよりはるかに良い音。

この楽器に加え、今回は、前にも一寸指導していただいたパーカッショニストの林田さんに、太鼓のメンバーに加わっていただく予定でいる。楽しみ。

□スローモーション特訓。

改めてヴィデオで実際のスローモーションを確認する。

スローモーションを人為的に作るには非常な筋肉の訓練を要する。

在塾中に鍛えた筋肉が、卒塾後3ヶ月も都会にいるとすっかり衰えてしまっている。

これほどはっきり判るものもない。片足で長時間体が支えられず脚がブルブル震えている。

1／2のスローモーション。

1／4のスローモーション。

さらに1／8のスローモーションを繰り返す。

スローモーションで更に大事なのは肢体の動きのスロー化だけでなく、瞬き、首の動き、口の開け方、指先の細かい動きの順序など、即ち意識の回転までを完全にスローにしてしまうこと。

鞭で机を叩いているうちに腕の筋肉が痛くなる。

□東京にて、新しいユタ役布施博の本読み。
東京在住組OBに、富良野から千絵と野村が加わる。勿論坂本長利さんも。

布施の台詞の覚えはひどく早い。非常に助かる。

昔、「昨日、悲別で」の舞台をやったとき以来10年ぶりの仕事。

このキャスティングは成功した気がする。

□東京にて、ユタ部分の立稽古。
布施博のユタは、決してエキセントリックでない何処にでもいる好人物を創ろうとしている。そこが非常に良い。

これまでのアンケートの中で、ユタと才三に関する発言が実に多かった。

特に、「自分は才三に憧れる。しかし自分のやっていることはまさにユタである。」というものが。

然り。

才三は理想の英雄であり、ユタは我々一般庶民である。

だからこそこのドラマではユタへの感情移入が重要になる。

ユタの苦悩は僕らの苦悩である。
稽古、夜更に及ぶ。

この倉本の記録の中で記載のあったいくつかのトピックスを詳解する。
1994年大晦日、倉本の古巣・ニッポン放送の「大晦日ラジオドラマスペシャル」として、「倉本聰・ニングル」が放送される。いきなりラジオ局のスタジオからの大晦日の生放送と云う体でドラマが始まる。「幻想」と、リアルの効果的な融合である。
脚本が、倉本と2期生の吉田紀子の共作。音楽は森山良子さんと倉田信雄さん、つまり舞台と同じ楽曲が使われる。声の出演はユタ：時任三郎　才三：中井貴一　ミク：森山良子　他
二度目のラジオドラマは、かなり舞台作品に近いスタイル。ラストシーンを採録する。

大晦日ラジオドラマスペシャル　「倉本聰・ニングル」（最終章より抜粋）

長（おさ）　未来につなげ！

ユタ　未来につなげ？
　未来につなげって今僕に、何が。
長　ピエベツの森をもう一度昔に返してやれ。
ユタ　待って下さい返すったって！
　木を全部伐ったから土砂が流れ出て――あそこには昔の生きた土はないンです！　植林したってもう遅いんです。
長　いや遅くない。今ならまだ間に合う。
ユタ　どうして。
長　材木に売れなかった風倒木やくされ木がまだあちこちに山積みされている。あれを運んで元の土に置け。くされ木はゆっくり土に返って行く。その土の上に新しい種をまけ。種はそのうちきっと芽を出す。
ユタ　そんな――そのうちって――そんな悠長な――。
才三　（笑って）森の時計はゆっくり刻むンだユタ。のんびりやれよ。――時間はこの先、いくらでもあるンだ。
　吹雪の音が突然蘇る。

「オーイ！　オーイ!!」

という遠い声。

音楽――ぼんやりと溶けて行って、

雪の上を走る音。

車の窓を叩く音。

信次　ユタ！　ユタ!!

万次　いたぞオイこゝに！　車の中にいる!!

信次　大丈夫だ！　生きてる！　目をあけてるぞ！

万次　扉のまわりを掘れ！

掘り出す音。

信次　（ガンガン）ユタ！　おいしっかりしろ（ガンガン）お前の子供がさっき生まれたンだ！　それが――信じられるか、エ!? しっかり握った手を開いたら、――種を握ってるンだ木の種を！

木の種を握って赤ン坊が出て来たンだ！

ユタ　（ボンヤリと）木の種を――にぎって――赤ン坊が――。

吹雪の音がゆっくり遠去かって、

バチバチはぜる薪の音。

○ユタの家（現在）

薪ストーブに火がはぜている。

貝山　その時の赤ちゃんの持ってきた種が今のこの森になったンですか。

ユタ　そうだ。あそこの、あのホオがそれだ。後は自然がやってくれた。

パチパチと薪のはぜる音。

間。

貝山　実は氷倉さん、おきかせしたいことがあるンです。

こゝ一ヶ月、世界の各地からあなたの場合と全く同じように、木の種をもって生れて来たという赤ちゃんのニュースが報告されています。

このことをどのようにお考えでしょうか。

長い間。

貝山　まるでウソみたいなこういう現象――生まれてきた赤ン坊が種を握ってる。この意味をあなたはどう思いますか。

長い間。

ユタ　未来につなげ。

——その意味だと思うね。

間。

貝山　つまり、逆に云うと、今の世の中、我々人類が、地球を未来につないでいないと。

間。

ユタ　そういうことだ。

薪の音。

貝山　成程。

すみません、もう一つ質問さして下さい。

あなたはこのような種をもった赤ン坊——それから

ニングル、——そういう科学で解き明かせぬことを、本当にあると信じていますか。

間。

ユタ　（一寸笑う）不思議な質問をするもンだ。

間。

ユタ　だから俺は一切をお話ししたのに。

間。

ユタ　科学！

間。

ユタ　科学が全てかね。

間。

ユタ　科学で説明できないことは事実であっても事実じゃないのかね。

間。

ユタ　フン。

間。

ユタ　まァいゝ。――あんたに森の話をしよう。

間。

ユタ　昔こゝにあったピエベツの森では――老木が朽ちて土に還ると、そこから新しい木の芽が出たもンだ。

貝山　――。

ユタ　自分の種だけじゃない、他の木の芽までが、一本の死んだ木の遺体から芽生えたよ。

　　　赤ン坊の声。

ユタ　まるで遺体が呼び寄せるようにな、新しい新芽を芽吹かせたもンだ。そうして森はどんどん若返り、次の世代へ、豊かな森へつなげて行ったンだ。

貝山　――。

ユタ　あんたのおやじさんや、あんたのじいさんや、そういう人方にきいてみなさい。そういう森をみんな見ている。

貝山　――。

ユタ　しかし信じるかね、あんた方は今。昔、自然は、地球はこうやってみんな子孫につないでたことを。

　　　幼い子供たちの笑い走る声。

ユタ　今それを知ってるのはニングルくらいだ。

貝山　――。

ユタ　だから連中は、そのことを云いたいのさ。

貝山　――。

音楽――『今思い出してみて』

イン。

〈END〉

○ラストタイトル

ニングルの伝説は、多くの芸術家の創造意欲をかきたて、様々な物語、絵画や彫刻の題材になっている。中でも人形作家の与勇輝（あたえゆうき）氏の手になる創作人形と倉本の筆になる物語の融合は、94年「フォトストーリー・ニングル」（主婦の友社～95年には角川書店より文庫化）という写真集に結実した。大竹しのぶさんの語りでＮＨＫが映像化し、ＢＳ放送で流れた他、ビデオソフトも発売された。

この与氏のニングル像の造形には、幻と消えた「アニメ版・ニングル」の企画が大きく関わっている。まだ倉本も、舞台でニングルをどう登場させようか迷っていた頃のこと思われるが、2期生・吉田紀子と共作で書かれたアニメ用の脚本「ニングル」は、ほぼ原作通りの物語である。つまり人間の「ユミちゃん」に恋したニングルの「チュチュ」の悲恋物語。

そのデザイン造形を、日本を代表する人形作家の与勇樹氏に依頼したと聞く。しかしアニメ化の企画は頓挫。残された妖精のような与版・ニングルの美しいフォルムを生かすために、再企画されたのが、「フォトストーリー・ニングル」。こちらも透明感のある美しい物語であるが、「アニメ版・ニングル」も、今のアニメーションの制作陣が持つ表現力を加味すれば、日本のアニメ史上に輝く、美しい「舞台幻想」が完成するに違いない。

1999年6月からテレビメディアで放送された、この与版ニングルが出演するCMがある。同趣向のポスターも製作された。

ナレーションは倉本聰本人。

AC(公共広告機構)CM

タイトル「森のニングルが消えた星」

テロップ「語り：倉本聰」
森のある星が他にありますか？
水のある星が他にありますか？
空気のある星が他にありますか？
テロップ「Doll：Yuki　Atae」
タイトル「地球の生命を支える原生林は、
この100年で半分にまで減りました。」
森に守られている星が他にありますか？
タイトル「AC　公共広告機構」

画面には、美しい自然が、森が、森の動植物が、チェーンソウによって切り刻まれる様子が映る。写真が引き裂かれるイメージ。音声も、樹が切り倒される時にあげる悲鳴のような悲しいあの響き。

倉本はニングルの日常を子どもに判る平明な文章で表現し、「ニングルの森　悠久なるものへ」として発表（2000年から朝日新聞で連載、単行本は02年集英社）。挿絵は画家の黒田征太郎氏。

倉本が94年にプロデュースした新富良野プリンスホテルの森の中に設置されたニングルテラスは、全国のクラフトマンたちが集まったショッピングロード。ニングルをイメージした木人形の店「森の楽団」は、富良野塾がある間は、塾生の個性あふれる手作りの木人形が並んでいたが、閉塾後の現在は、11期生の高木誠を中心に人形作家の卵たちがその腕を磨く研鑽の場になっている。

このニングルテラスの下にある建物が、ドラマ「優しい時間」（04年）に登場した喫茶店「森の時計」。その店名を「ニングル」の台詞から取るなど、その精神を具現化したものの一つで、実は倉本は「優しい時間」放送後に、「この喫茶店を描いた舞台を考えています」と、当時のマスコミのインタビューに答えている。この〝喫茶・森の時計〟が、〝喫茶・ブナの森〟に変わり、戯曲「マロース」に結実することになる。

1997年、「ニングル」は、「今日、悲別で」と共に、2本立て公演を果たす。公演地は、大阪と、カナダ。

大阪　シアター・ドラマシティ公演（全8ステージ）
9月13日～15日「今日、悲別で」（4公演）
19日～21日「ニングル」（4公演）
カナダ横断公演（全42ステージ）
エドモントン　シタデルシアター
10月7日～12日「ニングル」（8公演）
トロント　ヤングピープルズシアター
10月16日～25日「ニングル」（10公演）
ハリファックス　ネプチューンシアター
10月31日～11月9日「今日、悲別で」（12公演）
バンクーバー　アートクラブシアター
11月13日～17日「ニングル」（6公演）
19日～22日「今日、悲別で」（6公演）

「今日、悲別で」＆「ニングル」１９９７年２本立て公演パンフレットより

［随想・富良野塾］

倉本　聰

とにかく金が欠乏していた。

一日の食費三食合わせて二百八十円。その富良野塾の暮らしの中で芝居を創ろうというわけだから、豪華なセットや照明の使用は最初から考えても無理な話だった。

苦労話を売ろうというのではない。逆である。

金が無ければ頼りになるのは、自らの知恵とエネルギーのみである。知恵とエネルギーで創造する感動で、メジャーのビッグショーを打ち負かせばよい。

そう割り切ったら何やらすっきりし、むしろわくわくと愉しくなってきた。

何も無かった戦後のあの時期に、青春を賭けていた芝居への情熱が、沸々と体内に蘇生噴出し、この豊かさの急増の中で長年麻痺し見失っていたものが突然発光し姿を現した。

最初の舞台「谷は眠っていた」は全くの無セットで構築し、二番目の舞台「今日、悲別で」は、塾で建築の作業に使っている足場用のイントレのみを使った。

創立十周年の記念公演として創った三作目の芝居「ニングル」に於いては、製布工場から出る産業廃棄物、布の切れはしでカーテンを作り、拾ってきた流木、廃材の利用とスタッフの知恵を集積して創ったが、それでも些か金を使ってしまった。何処かで麻痺が始まっている。麻痺して逃げている。その反省が全員にあり、今年創った四作目の舞台「走る」では、改めて原点、初心に戻り、無道具無セットの芝居を創った。別に無セットを誇るわけではない。

金の事情があるのも勿論だが、我々が目標としなければならない「感動」を創る作業の中では「単純」は重大な武器なのである。

――単調はいけないが、単純は大事である。

彫刻家佐藤忠良氏の言葉である。

「単純」の中から我々はこの歳月、様々なものを発見出来た気がする。

エネルギー問題の象徴である炭鉱閉鎖に材をとった物語「今日、悲別で」のメインテーマ〝我々人間が持つ本来のエネルギー〟も、いわばこうした舞台創り、塾の生活から生まれたものだったし、〝今の利を考えるか、未来を考えるか〟という「ニングル」に託した寓話的テーマも我々の暮らしから生まれたものだった。

全てが、知恵とエネルギーに支えられ、知識と金を排除して生まれた。

誇れることはそれのみである。

今春、ある夜、塾の帰りに、富良野八幡丘の人気ない丘陵で、頭上に尾を曳くヘール・ボップ彗星を見た。

宇宙の光芒の余りの美しさに、僕は車から降り、ライトを消して、しばらくその天体のショーに見入った。

どれ程の時間をそこで過したろうか。やがて車に乗り、窓からその光を横目で追いつつ富良野の町へ下りてきた。町へ下りるにつれ彗星の光芒は次第にその輝きを天空にぼかし、次第に識別が困難になってきた。わずかな過疎の町富良野の町の灯が、天の光を邪魔するのである。これが都会ならどうなるのだろうか。

光は闇の中の救いとして生じた。

だが今その光は菌のように増殖し、かえって本来見えるべきものまで、その眩しさにより見えなくしている。

光のみではない、あらゆる情報、あらゆる文明、繁殖しすぎた豊かさが、我々を盲目へおとしいれているのではあるまいか。

多分、舞台という世界に於いても。

今、我々は「素朴」へ戻りたい。

「素朴な単純」へ戻って行きたい。
そして人間がどこかへ置き忘れた、ふとした感動を思い出させたい。
その一助になる仕事がしたい。

あの頃。
戦後の何もなかった時期。
焼け跡の古本屋で僕の出逢った劇作家ジャン・ジロドゥの澄明な一文。
　街を歩いていたら、とてもよい顔をした人に出逢った。
あの人は、良い芝居を見た帰りにちがいない。
思えばあの言葉が始まりであった。

カナダ公演を観劇した、ジェフ・チャップマン（劇評家）の翻訳からの抜粋。

◆優れたドラマは説教とは無縁なものだ。しかし、環境の危機が問題となっている現在、富良野塾がその問題に真面目に取り組んだ作品「ニングル」は広く人々に受け入れられるだろう。

富良野塾は日本の北の地方からやってきた。彼らの演劇活動はドキュメンタリーではないのだが、この作品は樹木を愛する人々だけでなく、テマガミやヴァンクーヴァー島周辺で森林伐採に抗議する人々の心にも訴えかけるはずだ。

富良野塾が2時間の公演で観客に表現するのは、社会批評、目を見張る描写、一編の伝説、儀式的踊り、柔らかな歌、落雷のような太鼓の響き等が、渾然一体となったものである。

昨晩の初演は、ヤング・ピープルズ・シアターで行われ、観客の反応は熱狂的なものであり、また、その賞賛に値する出来栄えだった。

こうした全ての流れが合流し悠久の大河となったのが05年にスタートした「富良野自然塾」。閉鎖されたゴルフ場跡地を植樹によって森に還し、心に落ちる実践的な環境教育を行うという、倉本の環境保全に対する全てがこのプロジェクトに集約された。

富良野自然塾　起草文

倉本　聰

空気に触ったこと　ありますか
川の匂いを嗅いだこと　ありますか
森の声を聴いたこと　ありますか
闇を見たこと　ありますか
大地の味を知っていますか

あなたは地球を感じていますか
あなたは宇宙を忘れていませんか

この富良野自然塾の起草文は、もちろん「環境保全」を目指す人たちのものであるが、かりにこれを「舞台幻想」に置き換えて読むと、舞台における倉本ワールドがさらに味わい深いものになる。つまり――

「空気に触れられる芝居」
「匂いが嗅げる芝居」
そして「地球を感じる芝居」etc.

もはや地球規模で激変し、誰もが敬遠したくなる地球環境問題に直面することも、倉本が立ち上げた富良野自然塾のカリキュラムを体験すれば、感動を伴って心に落とし込むことが可能になる。様々に工夫されたワークショップでは、普段使っている視覚以外の四感、聴覚・嗅覚・触覚・味覚を合わせ、五感がフル活用され、そのことで心の感受性が高まり、感動しながら地球環境を学べるのである。

先の起草文の4行目に「闇を見たこと　ありますか」とある。2007年、富良野自然塾は新しいカリキュラム「闇の教室」をスタートさせる。ドイツ生まれの暗闇でのワークショップ「ダイアログ・イン・ザ・ダーク」に感銘を受けた倉本が、「闇」から学べる様々なことを富良野自然塾流に、この「闇の教室」に全て込めた。

「舞台幻想」にも通じる「闇」の世界。ぜひとも実体験をお薦めする次第。

「闇の教室」開講当時、告知のポスターが作られたのだが、黒の下色に、倉本直筆の書を、白文字で紙面いっぱいに表現したもので、3種類ある。

■闇って　なんだ
■漆黒の闇は
あなたの本能を
呼び覚ます！
■君は
闇を見たか

「ニングル」で語られる「森の木を大事にしろ、人類が欲望を満たすために切り開いた森を、種からもう一度呼び戻せ。生命(いのち)を未来につなげろ」というメッセージは、「富良野自然塾」のメッセージと完全に一致している。言行一致の作家である倉本は、「ニングル」を中心とした戯曲で謳った自然保全のメッセージを実践するフィールドとして、この「富良野自然塾」を立ち上げた。

自ら種を拾い土に植え、荒れ地に着地した実生を良地に移し替え、時間をかけて苗を育て、スコップで硬い土を掘り起こし、苗を大地に根付かせる。

富良野自然塾のメインフィールドに、倉本の自然保全への思いの丈が刻まれた石碑が立っている。それは戯曲「ニングル」からの一文である。

生命（いのち）の木って昔ァ呼んだもんだ
子供が生まれるとその子の木を植えた
子供は誰でも物心（ものごころ）つくと親に連れてかれて教えられたもンさ
これがお前の木だ　大事に育てろ
この木が枯れる時は　お前の死ぬときだ

2005年3月、20期生卒塾公演として、「ニングル」が富良野演劇工場で上演される。全3ステージなれど、初めて演劇工場での「ニングル」。まさに舞台幻想を描くためにあると思える演劇工場の様々な設備機能を使い、見事な仕上がりとなった。「走る」で、舞台中央を真正面に客席めがけて駆け抜けられる工場ならではの特別な「花道」。これを使い、対ニングルの芝居が客席正面を向く。――臨場感がまるで違う。それまで舞台を横に眺める傍観者だった客席の我々は、真正面から相手と対峙する現場に立ち会う者となる。舞台幻想が、よりリアルに心に届く。

——その中で、倉本は海外公演で感じた「舞台幻想」のある限界を感じていた。赤ん坊が木の種を握って生れてきた！という、それまでの「ニングル」のヘソとも云える大切な展開。２００７年公演から、そのセリフが消える。何でもアリと思える「舞台幻想」の世界でも、飛躍のし過ぎは、感情移入の妨げになる。特に合理主義者の欧米人には、尚更だったのかもしれない。

その辺りのことを、倉本自身が答えているインタビュー記事がある。聞き手は制作の寺岡宜芳（2期生）と、２００５年以降の民吉役を演じる久保隆徳（11期生）。「ニングル」２００７年夏富良野ロングラン公演終演後に刊行された「季刊・富良野塾」２００７年夏号№14から、抜粋。

久保　本公演としては十年振りの『ニングル』をやるということで、まず以前の『ニングル』との違いというか、変えたい場所だったり、こういう作品にしたいという思いを教えてください。

倉本　最初はちょっとねぇ、メッセージ性が強すぎたんですよね。メッセージの…つまり教条的な部分をどんどん抜いてったのね。（中略）今回で言うと光介の「自然を壊すな、自然は元金だ。利子だけで食え」って台詞や、民吉の「地球は子孫から借りてるモンだ」って台詞。

久保　そうですね。他にも随分台詞削られたじゃないですか。今回面白かったのは、アトリエの稽古で〝回帰〟のシーンをやったじゃないですか。

倉本　あゝ。

久保　先生が最初に台詞を変えられたんで、新しく覚えて稽古をしていたんですが、またどんどん変わっていったんですね。最初は、もうこんなに覚えられるかなと思ってたんですけど、最終的に決まった台詞は不思議と一回で覚えられたんです。いつもなら何回も読み返すところなんですけど、一発で決まっちゃったんですよね。

倉本　俺、よくあんなに直して、すぐ覚えられるなと思って感心してんだけど。（笑）

久保　僕も何で覚えれたんでしょうね（笑）

寺岡　先生の仰る〝根っこ〟なんだと思いますよ。キャラクターの根っこの部分が、もう彼の中で出来てるからだと思いますよ。だから台詞がスッと入ってくるんでしょうね。

倉本　そうだと思うね。

久保　あれは楽しくて一番印象に残ってて、ワクワクしながら稽古出来ました。
寺岡　すごいね！
久保　それと最後も変わりましたよね。民吉が出て来て。
寺岡　民吉と才三が、星の音を聞いているっていう。
倉本　前あそこはね、赤ん坊が木の種を持って出てくるっていうシーンで、好きだったってよく言われたりするんだけど……、俺は赤ん坊が種を持って出てくるってのは、ずっと引っ掛かってたの。外国でね、あれをやったら笑われたの。
久保　そうなんですか？
倉本　笑うんだよ。やっぱり飛躍がありすぎるのかなぁって。子宮の中…胎盤の中に赤ん坊がいて、握ってる種ってどこから来るんだろうって考えちゃうとさ。その飛躍ってのは、なかなか普通の人には出来ないんじゃないかと思って、もう少し幻想と現実を結びつける術が無いかかってね……。
寺岡　ええ。
倉本　それと民吉と才三があっちの世界に行って、あっちの世界は昔の世界で、そこで星の音が聞えているって、そういう風にしたかったのね。
寺岡　はい。

倉本　これはちょっと言い過ぎかもしれないけど、……地球上の人類史ってのはもう長続きしないいって僕は思ってるんですよ。だから人類は、どこかで〝死〟ってものに直面しなきゃいけない時期になってるって思ってる。だから最後に、死んだ後は昔の世界に戻っていくっていう、宗教的っていうよりももっと土着的な意味でね、平和論みたいのをみせたかったんですよ。

久保　なるほど。

倉本　だから何となくあのシーン、温かいよ。

寺岡　例えばうちの息子が小学一年生になって、初めて客席からお芝居を見れたんですよ。「分かった？」って聞いたら、「うーん分からない」って言うわけですよ。だけど「面白かった」って言うわけですよ。「もう一回見たい」ってまで。

倉本　芝居って理屈じゃないからね。僕ね、舞台幻想っていうの物凄く好きなんですよ。……だけど一方でね、すごくリアルな芝居が好きなのね。で、リアルなものの中に舞台幻想を持ち込めないかと……。リアルだからこそ、そこに幻想が生きるんじゃないかってのが、僕のテーマなんですよ。

久保　あー、なるほど……。すごい、いいこと聞きました！

倉本　およそアンチみたいなもんなんだけど、逆に言えば、リアルにリアルに行かなければ、舞台幻想は生きてこないと思うんですよね。

寺岡　だから、赤ちゃんが種を持ってちゃダメだったんですね。それは飛躍しすぎってことなんですね。

倉本　うん。どうもそう思ったんだよね。

久保　（ポツリと）ものすごくいい講義……！

２００７年６月　北海道公演５ステージ
６月～７月　富良野演劇工場ロングラン公演33ステージ

この公演より「富良野塾公演」から「富良野ＧＲＯＵＰ公演」となる。

客席と舞台の間に、水が張られて、照明の反射によって、森の木々がキラキラ輝く美しい効果が得られた。まさしく、富良野演劇工場ならではの「舞台幻想」の美しさ！

２００７年・ニングルに寄せて

倉本　聰

後3年で富良野塾を閉じることに決めた。それをきっかけに我々の集団の名称を「富良野GROUP（グループ）」と名のることに決め、その名のもとに今後この演劇工場で、夏冬2回のロングラン公演を持つこととした。その第1回の演目として、数年ぶりに「ニングル」を上演する。

この演目は十余年前全国各地で上演し、倖い好評を得てカナダにも呼ばれて上演したものである。

この芝居は富良野塾と周辺の村落の当時の切実な実情から生まれた。

１９８４年創立した富良野塾の生活は、1年目、突然近在を見舞った異常な水涸れにさらされる。塾生たちの暮しのよりどころである、塾地内に湧いていた明治以来涸れたことのないと云はれていた湧き水が、突如として涸れてしまったのである。

水を断たれた僕たちはあわてた。

空気と共に水というものが、いかに重用なものであるかを、衝撃的に知らされた事件だった。そしてその広範囲な水涸れの原因が上流の森の何年にもわたる皆伐にあるのではないかと僕は疑い、森への調査にのめりこんで行く。そうした過程から生まれてきたのが、この「ニングル」の物語である。

金がなければ暮して行けない。だが、森がなければ生きていけない。

この芝居は、その2つの現実の間で苦悩する2人の若者の相剋のドラマである。未来を想って現実に破れ、死を選ぶ青年と、現実の為に未来を忘れるもう1人の青年。その生き残った青年ユタに、死せる父からの声がささやく。曰く、

「ピエベツを森にもう一度返してやれ！」

「いや遅くない。今ならまだ間に合う」

「昔を想い出せ！　体を使って、ゆっくりとやれ！」

去年、閉鎖されたゴルフ場を森に還す為に「富良野自然塾」を発足させた。34ヘクタールの広大な土地を50年かけて森に還すつもりである。既に1万5千本の苗木を植えた。50年先。

僕はもうこの世にいないだろう。それでも僕は死後のこの土地に豊かな森のあることを夢見て心安まる。

そうしたきっかけを僕に呉れたのも、この「ニングル」という1つの芝居である。

２００８年の夏公演は、前年夏と同じ「ニングル」。時は洞爺湖で環境サミットが行われたあの時。これほどの「環境保全」を感じるテーマを持った芝居が同じ北海道でやっているにも関わらず、行政は無視……いつもの事ながら。

この公演で、大きく変わったことが3つ。
○まず、「スカンポ」が、民吉の娘から孫という設定になる。初期の塾生も家族持ちが多くなったこの頃、1期生三須知子の愛娘・杏奈ちゃんが母親譲りの演技力でこのスカンポ役を熱演。親から子へ、子から孫へ、という絆のつながりが、「未来につなげ」というテーマを、より明確にした。
○ニングルとは、また別の「舞台幻想」世界の偉大な存在として、森の神「カムイ」＝白鹿が登場する。
○代々受け継がれてきた製布工場の廃棄物で作った「サルオガセ」が、さすがに限界。薄布を中心に、新たに作り直される。それまで緑色一辺倒だったドロップが、森の多様性を感じさせる様々な色合いに変わる。

２００８年６月北海道・東北公演４ステージ
６月〜７月　富良野演劇工場ロングラン公演34ステージ

2008年　ニングルに寄せて

倉本　聰

芝居は創り手とその日の観客が共同作業で創り上げるものである。無論作品は創り手側が何ケ月何年も練り上げてその集大成を観てもらうのだが、それはその日の舞台成果のいわば一つの起爆剤にすぎない。完成させるのは観客である。

その日の芝居の成果が良くて、盛大な拍手をいただいた時、僕は客席の観客に向って拍手し大声で叫びたくなる。今日の舞台はあなた方が創ってくれたのですよ！と。

十余年演じて来た「ニングル」というこの舞台は、その意味で創り手側も観客側も年々激しく進化している。

初演時には今のように、環境問題も身近に感じられていなかったし、森への関心も稀薄だった。森の問題、水の問題、未来の問題それら全てが他山の石と受けとられ、何を小むずかしいテーマを扱ってと、むしろ忌避反応が社会を覆っていた。だが今世の中は明らかに変った。昨年の「ニングル」のアンケートではそうした変化が如実に出ている。

舞台はあくまでエンターテイメントである。観客を愉しませ、深いところで感動させ、心の洗濯をしてさしあげなければ、料金を頂戴する価値はない。だがこの、愉しんでいただくことと、感動していただくことは、同じようであって大きくちがう。愉しんでいただくということと、心から感動していただくこと、その両者を折衷して作品を創ること、そのことに永年腐心して来た。テレビでもそうだったし、映画でもそうだった。だが映像とちがい舞台の場合は、目の前にそうした観客がいる。観客の顔が見え、息づかいを感じ、その声を毎日直接聴ける。しかも観客はその日の舞台を我々と一緒に創って下さる。それこそが芝居の醍醐(だいごみ)味だろう。

子供の頃観た一本の舞台が、その人の人生を変えることがある。僕など将(まさ)しくそうだった。変えないまでも心の片隅にひっそり清らかに生きることもある。

そういう舞台を僕は創りたい。

富良野演劇工場はそうした心の財産を人々の心に植えつける為のいうなれば一つの育苗地である。

その苗床に蒔いた「ニングル」という小さな種が、皆様の中でいつか芽を出し、大きな樹へと育って行ってくれゝばうれしい。

2008年の「ニングル」公演を以(もっ)て、この作品の「舞台幻想」と「人間ドラマ」の融合は、一つの理想的なカタチを迎えたと感じる。

＊　＊　＊

続いて、「舞台幻想」的作品の近作「マロース」について紹介する。

動植物たちが人間の姿を借りて、物事の真理を我々に問いかける、という昔話さながらの「舞台幻想」譚――。「マロース」は、２０１０年の富良野塾閉塾後に、初めて組まれた舞台作品である。

ただしこの作品も、ラジオドラマ版が創られ、閉塾前の２００９年12月12日、ＮＨＫのＦＭシアターにて放送された。声の出演者も含めて、後の戯曲版とほぼ同じ世界観で描かれているが、多少違うのは主人公マロース（声：水津聡）が抱く、喫茶店「ブナの森」の女主人・リサ（声：森上千絵）に対するほのかな恋心――。白鳥と人間の寿命の差から考えると、物語としてはロマンチックであるが、多少の無理を感じたのか、倉本は続く舞台版では、夫婦仲の良さで知られる白鳥の家族愛を作品の「根っこ」に敷く。

このラジオドラマ版の放送前に、その録音風景などを紹介したメイキング番組が放送される。ここで倉本は、こだわりのレコーディング方法をとる。普段芝居の稽古に使うアトリエ棟に喫茶店のカウンターのセットを組んで、実際にコーヒーを落としながらの録音である。

吹雪に揺れる車体を表現するのに、外に出て車をみんなで揺する揺らす。実に、アクティブな録音。札幌のスタジオでは、ニッポン放送時代の旧知の音響効果マン、南二郎氏のサポートを得て、傘の開閉で白鳥の羽ばたきを倉本自ら「演じ」たり、必要な音を、様々な素材を利用して、創る作る。倉本世代の見事な「職人技」が堪能できる――。

そして、2011年1月、待望の新作戯曲「マロース」が完成した。

「マロース」初演　富良野演劇工場19ステージ。

「マロース」2011年公演パンフレットより　作者の言葉――

作者の言葉

倉本　聰

この芝居を発想し始めた数年前、最初に作ったノートがある。

僕は作品を創る時、必ずノートにメモすることから始めるのだが、それは時には取材を含めて三冊、四冊に及ぶこともある。だが最初の一冊は最も貴重であり、行きづまると常にそのノートを再見する。そこには作品の原点があるからだ。最初のノートの第一頁には、創意と発情の起点ともいうべきいくつかの言葉が書き据えられている。マロースのノートの一頁から拾うなら、

「季節」

「命＝小さきもの、弱きものの尊厳」

「文明社会という愚者の楽園」

「愛」

「神の創造」

「詩」　エトセトラ。


マロースとはロシア語で、冬将軍という意味である。

ロシアの人は寒い朝など、体を縮まらせて「マロス！　マロス！」と呟くそうな。

冬将軍という言葉を知ったのは、ひどく幼い頃。祖父か祖母から教わったように記憶する。明日の朝あたりあっちの山から冬将軍がやって来るよと云はれ、雪に覆はれたは

るかな山波を、息をのんでそっとうかがったものである。その時幼い僕の頭には、大礼服に身を包んだ北方の将軍が、師団を率いて山を越えてくる荘厳な情景が何故か灼きついた。どういうわけかその服の裾が吹雪に溶けてはためいているというそういう映像になっていたのだが、少し齢をとり、ロシア革命の歴史に触れた頃から、彼は革命に追はれてシベリアへ追はれたかつての白ロシアの貴族の姿に変った。

この作品を書き始めたヒントは、そうした記憶とは一寸離れている。二つの名著が僕を刺激した。

一つはレイチェル・カーソン女史のあまりにも有名な「沈黙の春」である。一九六二年に発表された環境文学の古典ともいうべきこの著書は、除草剤などに含まれる化学薬品の、世代を超えた危険について鮮烈な警鐘を鳴らしている。この作品のテーマの劇化を、何年にもわたって考えて来た。そんな時偶然めぐり逢ったもう一冊の本が、C・V・オールズバーグ氏の描いた「THE STRANGER」(邦題「名前のない人」村上春樹氏・訳)という絵本である。

車ではねた一人の男を、自分の農場につれて帰る。男は記憶を失っているが黙々と農場で働いてくれる。季節が移るが男の記憶は戻らない。その村にだけ季節の移り変る気配がなく、秋が一向に終らない。男の周囲には動物たちが寄って来る。或る日男はふと我に返り、一目散に農場から走り去る。男の去って行った農場に、突然止っていた季節が動き出す。

この、何のかかわりもない二つの物語が、ふいに僕の中で化学反応を起こし、マロースという この発想へと爆発したのは、各地で頻発する鳥インフルエンザのニュースからである。何千キロの空をはるばる日本へ来る渡り鳥たち。その渡り鳥が運んで来たとされるバードウイルスなる未知なるものの為に、鶏舎のトリたちが全て殺処分されてしまう悲劇。それは鳥たちに限ったことでなく、先年騒がれた宮崎県の口蹄疫に於いても、同じ悲劇を生み出している。

物云はぬ弱き者、小さき命にも命の尊厳があるとするなら、人間社会の安全の為にそれら全てを殺戮してしまうという人類の傲慢なこの行為は、ある意味かつてのホロコーストにも匹敵する重大な犯罪ではあるまいか。

この作品は、そうした声たてぬ命たちへの、切なる鎮魂の物語である。

この上演終了の1ヶ月半後——東日本大震災が発生。特に「福島」の原発事故の「目に見えない」放射能の被害に心を痛める倉本。

翌2012年公演、そして間に「明日、悲別で」を挟んで翌々年の2014年の公演にも、その影響がみられる。「作者の言葉」から、その心を感じ取りたい。

2012年1月、富良野演劇工場ロングラン公演18ステージ
「マロース」2012年公演パンフレットより

作者の言葉

倉本　聰

去年の秋。

3・11で被害を受けた東北の沿岸部を何日かかけて歩いて来た。

何百年かけて人間が築いてきた文明の成果を、一瞬にして打ち砕いた地震と津波という自然の営みは、その跡に立った時その余りの強烈さ、破壊力の凄まじさに、只声も出ず立ちすくむのみだったが、それだけではない心のおののき、何か得体の知れない神の力、神への畏怖に、思考が停止し心底から震えた。

津波に破壊された福島の沿岸部には、早くも帰ってきた水鳥たちの姿があった。彼らは自分たちの故郷である海が、原発事故に汚染されたことも知らず、そこが自分たちの古里であるが故に、何も考えずに帰って来たのだろう。

彼らはその海がかつての海ではなく、人間の邪智により汚されてしまった住んではならない海であることなど、全く思ってもいないにちがいない。

そうした邪心なき、疑いを持たない自然の中の小さな生き物たちの、これは一つのあり得べき寓話である。

マロース。

ロシア語で冬将軍を意味する。ロシアの人は寒い朝など体を縮まらせて、「マロス！マロス！」と呟くそうな。

この芝居を僕は昨年の冬、あの大災害の起こる前に創った。

ヒントは余りにも有名なレイチェル・カーソン女史の『沈黙の春』である。それは、人間の作った農薬に代表される化学薬品が自然界に棲む小さな生命を次々に犯し、ひいてはヒトがそれに拠って立つ自然そのものを破壊して行く様を、即ち生物多様性という神の摂理を、畏れを知らずにこわして行く様を科学の視点から克明に描いている。

この、論文に近い文学書を、芝居という一つのエンタテイメントに化けさせて舞台劇にすることが出来ないか。

そのことをずっと考え続けてきた。

その頃僕はもう一冊の書物と巡り合う。C・V・オールズバーグ氏の著した『THE STRANGER』（邦題『名前のない人』村上春樹氏・訳）という絵本である。（中略）

鳥インフルエンザに揺れ、何千何万の罪のない鶏が人間の都合で殺処分にされてしまう無惨な社会、同じく口蹄疫で殺される牛たち。そうした人間社会への怒りと悲しみをこめて、去年発表した『マロース』だったが、今年はそれに震災が加わった。

目に見えぬ放射能の恐怖に怯（おび）え、故郷を捨てざるを得ない被害者に加え、放置される家畜、毒扱いされる無数の生き物たち。


「人間は本当に不思議なことをなさる。智恵をしぼって自然を壊している」

この不可解な我々の行動に、抗議したくて作品を書き変えた。

人間の都合で排除され追いやられる白鳥たちの不幸な運命は、いつの日か我々自身の身の上に押し寄せてくる終（つい）の運命に思えてならない。

２０１４年１月〜３月　富良野演劇工場　18ステージ
全国公演　19ステージ
「マロース」　２０１４年　公演パンフレットより

作者の言葉

倉本　聰

一つの作品を練りこんで行くと、全く違った主題や思考が作品の色彩を変えることがある。それは時代のせいであったり、己の年齢のせいだったりするのだが、そこが小説や映画やテレビドラマのように、発表すればそこで完成という創作物と一寸ちがう富良野ＧＲＯＵＰの芝居である。と、僕はそのように考えて来たし、毎回立ち向かうその改変にこそ嬉びと苦しみを味わって来た。

炭坑の閉山で故郷を追はれる青年たちの群像を描いた「昨日、悲別で」というテレビドラマが、閉山後の彼らの姿を見つめた「今日、悲別で」という作品に進展し、３・11の原発事故を受けて「明日、悲別で」に進化して行ったのはその極端な一例だが、その夫々の「悲別」の中でも稽古中はどんどん中味は変り、ばかりか本番公演中にも連日のように内容に筆を入れ、つき合う役者やスタッフにとっては、あたかも朝令暮改を強いられるような迷惑極まりない創作現場であったにちがいない。そういう作者の我儘勝手にはひたすら謝るしか術はないのだが、僕にしてみればそういう我儘にしてやんちゃな創作過程こそが、観衆により良いものを届ける為の創り手としての義務であり醍醐味であると信じているのである。

さてこの「マロース」。

レイチェル・カーソンの「沈黙の春」と、鳥インフルエンザの流行による罪なき鶏たちの大量殺処分とい人間の勝手への密かな抗議からスタートしたこの作品も、その後の時の変化とともに、僕の中で少しテーマが変ってきた。

今回僕はこの物語を、マロースだけの側から絵本にしてみようと考えて、舞台とはちがう別の視線から同じストーリーにアプローチしてみた。それはぶなの森の人物たちが複雑にからみ合う芝居づくりとはかなりちがい、ある種単純化の作業だったのだが、その中でそもそもこの物語が僕にとって今、何を最も大切にすべきことなのかを更めてすっきり整理することに役立った。

この冬僕は79才になり、80という大台がいよいよ目前に迫って来て体力の衰えを否応なく感じ死というものを常に考える日々となった。

このドラマの主人公であるマロース。渡り鳥オオハクチョウの化身。ハクチョウの寿命は野生のもので大体20年であるという。渡りをしないで周年公園の池などにいるコブハクチョウの場合は寿命がぐんと伸びて60年程。中には１０２才まで生きた記録もある。

マロースの場合、越冬地の北海道から生まれ故郷のシベリアまで、あの長距離を飛んで行く余力が果たして彼に残っているのか。しかも最愛の妻を日本で殺され、帰ってもそこにもう妻のいない故郷に、どんな気持で彼は飛ぶのか。そのことを考えていたら胸がつまった。

これは、理不尽に妻を殺され、それでも地球の季節を狂わせまいと死を賭して己の使命を果たそうとする、一人の老人の物語である。

倉本が志向する「舞台幻想」の成立には、倉本の意図を理解し、舞台の上に表現できる技術・技量をもったスタッフ・キャストの熱情の力が大きい。

役者の頑張りはこれまでにも紹介してきたので、今回はスタッフの妙技を紹介する。

ニングルテラスの立ち上げから参加しているロウソク作家で彫刻家の横島憲夫氏。公演の際には舞台美術を担う。学生時代に彫刻家・高山良策氏のアトリエで、トクサツの「円谷プロ」の「ウルトラQ」に登場する快獣「カネゴン」や、初代「ウルトラマン」の飛び人形の造形に携わったという経歴からも、「幻想」ものは得意中の得意。――「ニングル」2008に登場する白鹿「カムイ」は横島氏製作の一品だが、演出の倉本の「見せ方」の妙とも相まって絶品。そう、どんな優れた造形物も、生かすも殺すも舞台上のこの「見せ方」。闇の中から幻想的に現れ、再び闇の中に幻想的に溶け込む。観客の目に飛び込んでくるのは、ほんの一瞬なれど、なればこその説得力が必要な造形物たち。倉本は演出でそれに文字通り命を吹き込み最高の「見せ場」とする。

そうした造形物を含め、大道具や小道具、舞台セットを、一瞬で場面ごと転換させることを、ファンの間では「倉本マジック」と呼ぶ。舞台進行を担当する塾芝居初期からの6期生・野村守一郎、8期生・小林彰夫、9期生・九澤靖彦（現チーフ）、17期生・東誠一郎らが、まるで本当の手品のように、驚きのシーン変えを成し遂げる。奇跡を生み出すOBの持ち味は「集中度」の高さにあるようだ。

くり返しになるが、舞台幻想はリアルな人間ドラマがベースにあってこそ。その意味でも照明の広瀬利勝（10期）、音響の三浦淳一（9期）、そして倉本夫人の平木久子（チヤコさん）がまとめる衣裳部も、全てがチカラを合わせ呼吸を合わせ、倉本マジックをしっかりと支える。

――そうした倉本作品の数ある場面転換の中でも、マジック中のマジック、奇跡中の奇跡はやはり「ニングル」のシーン2から3、「結婚式」から「遭遇」への転換であろう。参列者総出の結婚の祝い踊りが、次の瞬間に幾重にも梢が重なる深い森に変わる。あまりの変わり身の早さに唖然茫然とはこのこと。

――普通に急いでも3分以上かかる大きな転換を、倉本は30秒で!と、奇跡でも起きない限り絶対不可能な時間を要求する。だがそれを「やっちゃう」のが、先のOBたち。そうした奇跡を目の当たりにすると、人間、不可能も可能であると「信じる」。そうした舞台を信じる心が、「舞台幻想」という、人智を越えた世界観を、スーッと心に落としてくれる。これが舞台幻想が素直に心に届く、大きな大きな仕掛け。まさしく「人間力」の勝負である。

――それゆえ、「転換稽古」という特別な稽古時間が組まれ、奇跡の実現に向けて、何度も何度もオリンピック並みのタイム短縮が目指される。

――ついに夢の30秒が切られる!

喜ぶ倉本。「よし、じゃあこれを10秒で!」

――絶句しながら……やっちゃうスタッフたち!

カナダ公演の際は、「アメージング！」と絶賛の嵐！

紗幕（薄手の透ける幕）を使っての演出効果は、劇団仲間の演出家・中村俊一氏の影響を受けたと倉本は語るが、それを含め若き日の演劇青年・倉本聰の挑戦を、第６巻の「地球、光りなさい！」の作品界隈で紹介する。

同じく、舞台幻想の海抜ゼロを辿ると、「なよたけ」の遥か以前の倉本幼少時に、父親から音読を勧められた「宮沢賢治」に行きつくだろう。これらについても、同巻で。

倉本が「創造役」という立場で、建築の基礎から完成・運用まで持てる力をすべて注ぐ「富良野演劇工場」——様々な「仕掛け」が組める、クリエイターにとって理想的な空間である。なによりとことんまで創りこめる設備と環境の良さが、作り手の心に響くのであろう。

数多い演劇工場の魅力の中で、これは！と思うのが、実は壁の色。暗転の効く、ほどよいグレー。暗転を利かすだけであれば、黒が良いのかもしれないが、観客が受ける圧迫感を考えると、リラックスにはほど遠い。そこで心が閉じてしまうと、どんな良い芝居を観ても、「いい顔」にはなるまい。とはいえ「白」系の色は、暗転が効かず問題外。

演劇工場のグレーの壁は、その点「無骨感」は大きいけれど、何だか不思議に温かいグレー。そしてこれが本当に暗転が効く。

修学旅行で富良野を訪れた高校生に芝居を観せる機会があるが、観劇自体が初、という生徒さんも多いのであろう。演劇工場の太田竜介工場長（10期）の、早口言葉を取り入れた名物の軽妙な「前説」に客席全体がリラックスした後、開演——暗転。ここでのあまりの暗さに、生徒さんから悲鳴が上がるほど、暗い、いや黒い。富良野自然塾の「闇の教室」に匹敵する完全な「闇」。これほど「深い闇」だと、逆に恐怖よりも感動すら覚える。

——きっとこの瞬間に、観客の「想像力」のスイッチが入るのであろう。闇の向こうにどんな世界が待っているのか、闇の先に何があるか、闇の中の「真実」を見つめようと、みんな必死で目を凝らす。そしてお芝居が始まる——

「舞台幻想」を成立させる根っこの根っこ。それはきっと、倉本が少年時代に感じたこの「闇」の深さだと思われる。

——見えなくても大切なものはいっぱいある。例えば「愛情」や「信頼」、倉本ドラマの心髄にある明日への「希望」——。幻想を信じる心は現実を生きる我々にそうした大切な真実に気づかせてくれる大きな力となるようだ。

最後に、富良野塾の「起草文」という、ある意味芝居創りの原点とも云える文言を見つめ直して、この稿を閉じたい。

富良野塾　起草文

倉本　聰

あなたは文明に麻痺していませんか。
車と足はどっちが大事ですか。
石油と水はどっちが大事ですか。
知識と知恵はどっちが大事ですか。
批評と創造はどっちが大事ですか。
理屈と行動はどっちが大事ですか。
あなたは感動を忘れていませんか。
あなたは結局何のかのと云いながら、
わが世の春を謳歌していませんか。

我々元塾生がこの富良野塾の「起草文」を、生き方の信条として問いかけ続けたのが塾生である2年間。そんな短い期間でも、今もって支えとして心にしっかりと刻まれているのは、この起草文が、人としての生き方の芯を突いているからだろう。

そしてこの起草文を、代々替わる塾生と共に26年間、そして閉塾後の今も自身に問いかけ続けているのが、塾長である倉本聰本人。彼が「ニングル」や「マロース」を一心不乱に書き、公演毎に様々に変遷させて内容をとことん深めていく姿を見ても、この自身の富良野の森の住人としての原点である起草文を問い続けたことによって得たチカラによるものと感じる。迷ったら「海抜ゼロ」に立ち戻る。それが倉本の生き方——。

近年、倉本が「趣味で描いている」という「点描画」の評価が高まり、美術館で個展を開くほどの腕前になっている。単に絵柄が巧みであるというだけでなく、倉本が耳にした「森の想い」を作家として「森の台詞（せりふ）」として表現し絵に添え書きしているところが、観る者の心を大きく搏（う）つ——。

その木がまとう葉っぱの数に匹敵する一つ一つの点で、木を森を、そして自然を描き、遂にはその発する「森の声」を聴きとることが出来るまでに鋭敏に研ぎ澄まされた倉本の感性と人となりを目の当たりにすると、その海抜ゼロである起草文をしっかりと学び直したいと、今改めて思う。
本物の「人間力」を身につけさせることが出来る、この短い文章のチカラ。倉本をして、「ニングル」や「マロース」や様々な物語を書かせ、そうした「作品」を通して世の理(ことわり)を人の心に優しく平易に説くチカラを授けた「言霊」がこもった最初の文言——。

現在、倉本の直筆の書を写し書きしたこの「起草文」の石碑が、富良野塾スタジオ棟跡地の前に静かに立っている。

「ニングル」主な登場人物

民吉　久保　隆徳
ユタ　水津　聡
才三　大山　茂樹
光介　平野　勇樹（Wキャスト）
光介　石川　慶太（Wキャスト）
ミク　森上　千絵（Wキャスト）
ミク　栗栖　綾濃（Wキャスト）
かや　杉吉　結
スカンポ　三須　杏奈

信次　杉野　圭志
田中　東　誠一郎
民三　金井　修
村人／他　佐々木　麻恵
久保　明子
松本　りき
富　由美子
平野　勇樹
石川　慶太
玉城　仁志
吉川　春香
熊澤　洋雪
近藤　聡明

青柳　信孝
高山　正太
林　萌子
松田　尚子

萩野　みどり
村田　純
古賀　まどか

「マロース」登場人物

マロース　久保　隆徳
立花みどり（ブナの森オーナー）　森上　千絵
チルチル（ブナの森店員・ゆかり）　松本　りき
銀次（メロン農家・中川銀次）　熊耳　慶
米吉（土建屋・田村米吉）　納谷　真大
ゴッホ（画家・式場公平）　水津　聡

関口（タクシー運転手）　六条　寿倖
ゼツリン（養蜂家・山田麟介）　芳野　史明
泉　万作（農協係長）藤本　道
ネズミ（田村組・根津　正）　東　誠一郎
風見　純（フリーター）　黨　清信
尾美安彦（巡査）　瀬尾　卓也
浅原清彦　加藤　久雅
浅原雪子　富　由美子
浅原伸子　栗栖　綾濃

星川幸夫（札幌工科大准教授）　にしやうち　良

河西京子（星川の助手）　水谷　理砂

女1　佐々木　麻恵

女2　青木　映璃

女3　山本　真央

カピタン　大山　茂樹

ナースチャ　久保　明子

サージェント（軍曹）　石川　慶太

倉本　聰（くらもと　そう）

1935年生まれ、東京都出身。脚本家・劇作家・演出家。

東京大学文学部美学科卒業後、1959年ニッポン放送入社。63年に退社後、脚本家として独立。77年、富良野に移住。84年から役者やシナリオライターを養成する私塾「富良野塾」を主宰。同塾において数々の舞台作品を発表。2010年に塾を閉鎖した後は、OBを中心として「富良野GROUP」を結成し、より高度に進化・深化させた創作活動に邁進中。

代表作に「北の国から」「前略おふくろ様」「ライスカレー」「風のガーデン」（テレビ）、「冬の華」「駅・STATION」（映画）など多数。

2006年より「NPO法人C・C・C富良野自然塾」も主宰。閉鎖されたゴルフ場に植樹して元の森に還す事業と、そのフィールドを使った環境教育プログラムにも力を入れている。

装画　倉本　聰

装幀　小林真理

倉本聰 戯曲全集 第３巻
ニングル／マロース

2018年 1月25日　初　版

著　者　倉本　聰
発行者　田所　稔

郵便番号　151-0051　東京都渋谷区千駄ヶ谷4-25-6
発行所　株式会社　新日本出版社
電話　03（3423）8402（営業）
03（3423）9323（編集）
info@shinnihon-net.co.jp
www.shinnihon-net.co.jp
振替番号　00130-0-13681

印刷　光陽メディア　　製本　小泉製本

落丁・乱丁がありましたらおとりかえいたします。

ISBN978-4-406-06197-1　C0393　Printed in Japan